樂府

心里滿了，就从口中溢出

心有猛虎，细嗅蔷薇

刹那

——

大唐群星闪耀时

周眠 著

北京联合出版公司
Beijing United Publishing Co.,Ltd.

序 | 生读唐诗三百首

本书主要论及唐诗。

"熟读唐诗三百首，不会作诗也会吟。"

熟读可以培养语感。然而，有熟读百首语感犹差者，或熟读千首全成套话者，盖因缺乏细读、返生、再造的过程，未得与生命感知相融。如此，背一首、烂熟一首、丢下一首，唐诗遂沦为背诵任务、门面装点、应酬句库或搞怪宝典。

这不是唐诗本该有的样子。

就唐的时代精神来讲，唐诗本是对日常生活的启发，从日常进入神契的一把把钥匙。唐诗的读法，不该是仅仅熟读与敬畏，而应该是千百次陌生地进入同一首诗——千百次地回到唐朝。

*

于是，焚轻车，断熟路，另造生读。

逆刃读，草莽读，破釜读，破壁读，寻初生之子的读法，"地马行空"的读法，如有阅读障碍一般读，如不识字一般读。试着用一天、一个礼拜、一个月，深入一首看似容易的诗，代用诗人的眼光看取、深掘唐诗蕴藏的古世界。

用很长时间读一首简单的诗，好像细细地打开古卷轴画：轻视它，它会湮没尘埃；重看它，它便浮现面目，焕发明光，风神大展。在深一层复深一层的体察中，曾经烂熟的诗变得晦暗而又明亮，读诗的此身，获得诗的回馈。媒体不再俘获我，古诗的石油灌注在我的灵魂，灌满我迟钝知觉的老爷车，轰隆隆睁开眼目。在菜市场、停车场、超级市场，在田野、野渡、高速路和无名路，在山水的水和水泥的水中，古诗的灿烂时辰生动、鲜明、富丽地浮现于日常，令得此身如怀揣美玉眠觉，如自带竹林行走。注目于诗，诗即浮现；深深凝视古诗的时辰，是觉醒的时辰，是你的时辰。

熟睡已久，起造生读。莫做"人云亦云"的"云"，去做"白

**

云无尽时"的"云"。太白其假设，义山其求证，浩然其江海，摩诘其日月。

用古诗的真味，浸润日日新的生活，生发这深沉广大的觉知、照耀遍满的行动——是为古诗闪耀的刹那。

***

第一编

萌头第一 | 孟浩然 春晓

> 春眠不觉晓，处处闻啼鸟。
>
> 夜来风雨声，花落知多少。

《春晓》，意思浅近，写诗中人在春天的早晨醒来，听到鸟啼，回忆夜来风雨，推想窗外落花情况，"以天然不觉其巧的语言，写出微妙的惜春之情"。

惜春之情，微妙在何处？待细细拆解——

第一句，春眠不觉晓。此时春晓，而尚"眠"，尚"不觉晓"。春朝破晓，人恍惚将醒，但还在"觉"与"不觉"之间，这是最初一层的"醒"。

第二句，处处闻啼鸟。这句写听觉上的一片热闹。为什么只把听觉拣出来？想必各位都有这样的体会：将醒未醒时，双目迷蒙未开，但两耳一直开放，所以声音先自递来。此句妙在不着一字处：明写耳朵的知觉处处，暗写眼睛的尚未睁开。耳朵位置固定，本无法"处处"去听；但将醒未醒时，身未动而魂魄被鸟鸣唤起，神思开始游荡，"处处"闻听百啭的鸟鸣。这句当然可以诠释为倒置的"闻处处啼鸟"，然而"处处闻啼鸟"写困中感知，极肖极妙。混沌中，感官渐次复苏，耳朵醒了，这是第二层"醒"。

第三句，夜来风雨声。由不觉而觉、身体渐次醒来，到这里眼目睁开，开始怔怔回忆夜来风雨——第三层"醒"，回忆醒了。

不觉而觉、身体醒来、回忆醒来，到了这里，睡着的人彻底苏醒。那么，还有什么可以作末句的层次？还有什么会最终醒来？

最后一句，花落知多少。

还未开窗，不知道院中情形，因昨夜风雨声推想院中花落情形，怜悯无限的花落景象。究竟有多少花在风雨中凋零？此时醒来的，是怜悯心。怜悯心醒，菩萨心醒。

花落知多少？每个人的感受不同，不知多少，可多可少。有多少怜悯心、菩萨心，便能知觉世界上多少落花的消息。从第二句看，有多少鸟鸣的"处处"，便有多少花落；从第三句看，心中回荡多少风雨声、记忆多么深邃悠长，能够回忆起世间的几多风雨，便有多少花落。《维摩诘所说经》有言："时，维摩诘室，有一天女，见诸天人，闻所说法，便现其身，即以天华，散诸菩萨、大弟子上。华至诸菩萨，即皆堕落，至大弟子，便著不堕。一切弟子神力去华，不能令去。"人有几多菩萨心，这几多落花便沾染上春衣，加诸神力，无法吹去。

如此，春眠觉晓，不觉之醒；听觉醒来，肉身觉醒；回忆醒来，心智觉醒；怜悯心醒来，菩萨睁开双目。

孟浩然好佛好道，主张"弃象忘言"，好弦外之音、象外之旨。清代王士源曾评其《晚泊浔阳望庐山》一诗："诗至此，色相俱空，正如羚羊挂角，无迹可求，画家所谓逸品是也。"如这首诗般简单，写肉身凡人每天都会经历、从沉睡中逐渐苏醒的细腻过程；这首诗又不简单，用肉身凡人逐渐苏醒的细腻过程，写一个足睡的人睁眼起身成菩萨。

"放下屠刀，立地成佛"，春睡既足，醒做菩萨。这就是《春晓》的四层"醒"。

再进一步：《春晓》写的是什么人？春晓中人，是唐人。

何谓"唐诗"？唐朝何以有众多诗人，何以有《全唐诗》这样星汉灿烂的大集？

因为有唐一代对诗人的要求特别低——只要生命中某个刹那是诗人，足矣。对诗的要求却特别高——须道出生命中最好的那个刹那。

正如《春晓》所道出的唐诗的精神，是刹那时辰，富丽觉醒。

写好刹那的诗，诗人深切广大的觉知、照耀遍满的行动，就会让厄困的时辰变为富丽醒来的时辰。

仅仅觉知，已是富有。

不要求文字多么高深，历经十载写《三都赋》，令洛阳纸贵。让洛阳纸归于洛阳纸的价位，让诗人在长安城居住容易，让诗歌进入生活，也浸入生活。不要求每个人时时刻刻做诗人，只求一生之中有刹那觉醒，做唐的刹那诗人，由这些刹那构成唐诗的富丽时光。

如此，《全唐诗》两千五百二十九位诗人作四万三千首唐诗，是两千五百二十九位唐菩萨四万三千次觉醒，淬火作成人间的四万三千颗觉情舍利。

一部《全唐诗》，十万光时辰。

这，就是《春晓》所起兴的唐朝的精神与诗意。晨乃一日之晓，春乃四季之晓；《春晓》一首，乃盛唐诗之晓；十万光时辰，以《春晓》为总领和呈象。

《春江花月夜》，孤篇压全唐；《春晓》一首，孤篇醒全唐。

唐的觉知看似轻易，却得来不易。如《春晓》这首小诗一般，之前有初唐诗人、杜甫祖父杜审言的写春诗《和晋陵陆丞早春游望》：

独有宦游人，偏惊物候新。
云霞出海曙，梅柳渡江春。

淑气催黄鸟，晴光转绿蘋。

忽闻歌古调，归思欲沾襟。

写毕到处拿给人看，以为平生得意。此刻，盛唐之春已呼之欲出。杜审言力求写出大唐之春的气象，可是辞有未达。他不知怎样到达，因为时代未到。一番春兴，呼之欲出，无法道出。

还有初唐诗《春江花月夜》，一片朦胧的春色，炼成一团幽曲迷蒙，总也未醒。

到了《春晓》，鸟鸣，花落，一个人醒来。寥寥数语，毫不费力。日常起居，儿童口里四句，浑然天成，道尽时代精神，盛唐诗终于觉醒。

上古先贤，生而知之；春秋战国诸子，行而知之；汉魏诸子，学而知之；魏晋诸子，丧而知之；而唐诸子，觉而知之，春晓而知之。鲁迅的《摩罗诗力说》指出："盖人文之留遗后世者，最有力莫如心声。古民神思，接天然之宫，冥契万有，与之灵会，道其能道，爰为诗歌。"孟浩然在梦与醒间，作"古民神思"，同盛唐神情一次"与之灵会",一次"冥契万有",说出了时流要说的言语,将时代呼之欲出的气候变为气口,平易呼出——此诗因而不朽。

在我们的时代,是否可以回到唐朝?是的,那些诗情就封冻在文字中,等待我们觉醒的那个时辰,以深切觉知化冻唐朝的时辰。如孟浩然所启发的那样,用常人、常情、常觉的困而醒,映照感官的觉醒与肉身的觉醒,进而是刹那诗心的觉醒。如此,在在处处,即可回到唐朝。

然而,"花落知多少"的觉醒并不是每天都有,多数现代人只做得到第一句——"春眠不觉晓",何曾闻啼鸟?哪里偷闲细想风雨声,急急奔赴齿轮,不然上班迟到了。

失眠浅睡,只在第一层"醒"中醒来睡去,翻来覆去,耗尽一生。

菩萨在我们体内沉睡着,甚至一生沉睡,难以醒来。

孩子的花插在床头,有些衰败,我熟练地揭掉外部凋零的花瓣,露出内里新鲜的花瓣。孩子大哭。她为什么会哭?我只是去除冗余,可对她来说,"花落知多少",多么痛苦的鲜明感受!一个盛唐菩萨即在眼前。

所以，这首诗在少年时读最有感触，成人往往不屑"品读"这么"简单"的诗。然而，不是诗浅，是成人离菩萨心远。

唐开元二十八年，王昌龄遭贬，途过襄阳，访孟浩然，相见甚欢。孟浩然背上长了毒疮，医治将愈，因这次纵情宴饮，食鲜，疾发而逝。无法拒绝的鲜味，好吃到让人为难——他死在觉醒之鲜中。

孟浩然的游神，至今还"处处"听着废然而醒、浑然失觉的我们。"我们"知多少？诗人在唐时春里，细细数着。

恍是春花遍落时，何当怒醒更风驰。

此生未向红尘去，少你人间一段诗。

调禽第二 ｜ 骆宾王 咏鹅

> 鹅鹅鹅，曲项向天歌。
>
> 白毛浮绿水，红掌拨清波。

《咏鹅》，初唐诗人骆宾王七岁时的作品。如天真的儿童画，浅白、鲜明、活泼泼。已经不需要解读了，诗本身就是诗本身。

可还是要为这七岁孩童说上两句。

动植物比人类所建造的，更能反映世间的真。帕斯《太阳石》的开篇即一组意象涌现，纯粹鲜明，热情饱满：

一棵亮晶晶的柳树 / 一棵水灵灵的山杨 / 一眼随

风摇曳的高高的喷泉／一棵挺拔却在舞动的树／一条弯弯曲曲的河流／前进，后退，转弯／但最后总是到达／星星静静地行走／或是春天的缓行／流水紧闭着眼皮／整夜涌流着预言／万物波涛汹涌／后浪推着前浪／直到将一切淹没／……

骑牛的老者、驯象人、玩蛇人，自然界的动物之于人，很真很真。

当《小王子》中的狐狸说"请驯服我"，当玩鹅的王羲之写下鹅一般的"之"字，以及，当七岁孩童看见鹅。

一只鹅就这样闯进小小诗人的眼，闯进我们心灵。

西方有野兽派的色彩和图块，吾国同样撞色撞形的这首《咏鹅》可称为"家禽派"，更近乎居家日用、疏食饮水的儒。

"曲项向天歌"，写鹅与生俱来的性命与性情；是鹅本能，是鹅性命，是最动人的本能歌唱。以狗为例，这种动物最动人的个性，在于它是人类天然的朋友。天然到什么程度？狗吃东西会剩一点，意思是"我不会把你的食物全吃光"，这是协作关系的示好，因此有"狗剩"的说法。鹅的天性则是曲项向天歌唱，敏感的小诗人捕捉到这一点，可以说，这影响了他一生的抱负：做个诗人。人世虽有曲折，我愿向天，自由歌唱。

如此，"曲项向天歌"，写鹅的性命与性情；"白毛浮绿水"，写鹅所立足境；"红掌拨清波"，写鹅的驱动力。

如是，安身、立命、向前行。

"向""浮""拨"，区区三个字，即捕捉到初次见鹅的那种惊奇："向"字，何其天然，向天而歌；"拨"字，若见真鹅拨水，趣味十足。曾经想过："曲项向天歌"一句分明最为活泼饱满，何不放在诗末，作为最有力的抒发？不妨改为："鹅鹅鹅，红掌拨清波。白毛浮绿水，曲项向天歌。"

及至带着问题再细看鹅行水上，才体会到诗人的细致：看见鹅远远游来，先目击"曲项向天歌"；随后游近，赞叹天然地浮于水上；之后游开，从身后看去，方细察红掌在水下拨动。一只鹅远远游来、游近、游开的过程在诗中次第展现，分毫不乱。真的亲眼去看白鹅游水，发现它竟这般悬浮拨水而行，简直仿若日常所见的小神仙。

谁能在世间这样轻易飞浮？闻一多在《宫体诗的自赎》中评骆宾王："天生一副侠骨，专喜欢管闲事，打抱不平、杀人报仇、革命，帮痴心女子打负心汉。"他比王羲之更爱鹅，更有鹅象。

白绿相配，红清相配，骆宾王一生颜色，如此干脆。

岂有"简单的诗"？第一首诗，已是诗人一生的故事。

咏鹅的时候，他可曾料想将来会写《在狱咏蝉》？

西陆蝉声唱，南冠客思侵。

那堪玄鬓影，来对白头吟。

露重飞难进，风多响易沉。

无人信高洁，谁为表予心？

蝉，又一个向天歌的形象，只是更清，更纯粹，更见悲剧感。和蝉一样，纵使餐风饮露、囚禁红掌，在绿水上，在浊狱中，他只要曲项宛转，向天歌唱。

掩日第三｜王之涣 登鹳雀楼

白日依山尽，黄河入海流。

欲穷千里目，更上一层楼。

一首小诗，即景描述，铺开平远（白日依山尽）、深远（黄河入海流）、高远（更上一层楼）的视象。

平、深、高，有此三者，就有了立体感，即身临其境。

一旦亲身登楼领略此诗，此时"景入理势"，将展开更大的视野。

全诗每个字国人皆熟稔，唯有二字经眼轻捷通过，不易察觉；然而，若以一物形容此诗的诗性，也是这二字——"鹳雀"。

鹳雀，属涉禽，形似鹤亦似鹭，嘴长而直，翼长大而尾圆短，有着黑白相间的羽毛，飞翔轻快，常见于黄河边，夜栖高树。

鹡鸰，灵性的水鸟，盛唐的轻捷水鸟。

诗人以凡人之身，借鹡鸰飞翔间的眼目，铺开天地倾转、晨昏分野、沧海桑田、孤意往来的气象。

骆宾王咏鹅，从外写鹅象；王之涣则从鹡鸰眼观察世界，写出鹡鸰胸襟。这是隐藏着的咏物诗。

咏物诗看似是诗人对物的描述，实则为物对人的规训。鹡鸰规训人以大野的视野。

而人类的心灵不止于鹡鸰的高度。不妨更上一层楼，飞展更高，高至宇宙，拓展眼光，去看一条河：

参宿四，位于猎户星座肩部的一颗恒星，这颗年轻、明亮的恒星近期正在突然变暗，很可能是因为它即将爆炸——在未来的二十万年到三十万年中。

这是来自七百光年之外的地球上的观测。

这意味着恒星在元代末年突然变暗，而被如今的我们观测到。

当时空延展至远，我们所见的星空已不只是空间上的灿繁，更是一条满载时间的河流。元代的，唐代的，甚至远古的星光，于夜空粲然陈布。银河不只是空间上的河，更是时间上的河；星空不只美丽，更是古时诸贤从不同时空投注的目光。

在这样的视域下，可以如此转换这首诗——

那颗数亿年后即将坠为白矮星的恒星转去地平线的另一边，

星辰之海追溯它过去与未来的光年迁跃。

上升维度，站在奇点上观测，

而时间已进入唐朝的良夜。

自然是一个在无穷深算中无穷赞叹的命题，

此刻，基因将我排列为鹊雀。

移景第四 | 王维 少年行

代数，研究当我们对数字作加法或乘法时会发生什么，以及了解变量的概念与如何建立多项式并找出它们的根；

几何，研究空间结构及性质的一门学科。

代数与几何，是否可以表现诗意？不妨研究一下它们在诗文中表现侠意的例子。

王维《少年行四首》其一，诗如下：

新丰美酒斗十千，咸阳游侠多少年。

相逢意气为君饮，系马高楼垂柳边。

这四句，按照前人理解，已经是非常好的诗了：前两句酒与少年并举，新丰在今西安临潼东北，盛产美酒，游侠指唐时少年将士，多出身贵戚将门，有边庭作战经历，喜以"游侠"自称。新丰美酒、咸阳游侠，如所谓"花是樱花，人是武士"，相互映照，倍觉灿眼。第三句，少年美酒，意气相逢，将是怎样一番盛景？第四句宕开一笔，偏不写其盛状，将万千意气隐入静美图画中。

此是前人解法。

个人看来，王维此诗有笔力独到处，是三句乘法加上一句几何。

先讲乘法。

"少"字多音，按照题目《少年行》，似读四声为妥；但读三声，"多少"也可为一词。

第一句，新丰美酒斗十千，以具体数目明言美酒的贵重。

第二句，此酒之价格（斗十千），乘以少年在咸阳做游侠的年份（多少年）。

第三句，相逢即饮，这是一个"触发难度系数"。

所以，三句读来，是三句相乘，读者心中可有一个数目了。

若"少"读四声，"少年"为一词，则是复杂了一些的算式，也是排列组合：很多少年，相逢即饮——一个指数级的饮酒触发概率。比如，三个少年 A、B、C，相逢即饮，触发概率有 AB、AC、BC 和 ABC 四种。

四个少年，相逢即饮，触发概率有 AB、AC、AD、BC、BD、CD、ABC、ABD、ACD、BCD 和 ABCD，凡十一种。

如果咸阳有一百个少年，仅考虑两两相逢的可能性，可列算式如下：

C(100, 2)=100!/[2! × (100−2)]=4950

咸阳不止一百个少年在街上游荡（而不是宅在家里），也不仅仅是两两相逢。

所以，每天只要游侠（并非宅侠）出门，至少有近五千场醉的触发可能。

第四句的几何先放一放。犹记关于倍数相乘，《史记》也曾作此无穷想。如《魏公子列传》："（魏）公子（无忌）为人仁而下士……致食客三千人。当是时，诸侯以公子贤多客，不敢加兵谋魏十余年。"这是类似"斗十千"的基准数。

接下来，详述公子如何去请一名七十高龄、家贫位卑的夷门老者出山，极为详细地描写怎样屈尊相迎，让满堂宾客久等，车前侍者等候时如何生怨，而老者自去市屠中与朱亥闲话——公子神色如常：以此倍其礼贤下士的风采。

再写赵国危急，公子独救邯郸，宾客车骑百余乘，要赴秦军，与赵俱死，别夷门老者，老者说"公子勉之矣，老臣不能从"，公子行数里，心不快，引车还，这才引出老者奇计，窃符救赵，老者平生抱负，换得半片虎符，八万精兵存赵。如此奇功，无忌风采，汇聚于此。

如此相乘，有了一个结果，是赵国礼遇。

功成如此，公子骄矜，自是难免；此时门客献言，公子听言，侧行辞让，自言罪过，赵王竟至不忍封公子以五城，更是倍其风采。

公子留赵十年不归，秦闻公子在赵，日夜出兵伐魏，公子怕魏王怪罪先前之事，乃诚门下，有敢为魏王使通者，死。宾客莫敢劝公子归。毛公与薛公往见公子："公子所以重于赵，名闻诸

19

侯者，徒以有魏也。今秦攻魏，魏急而公子不恤，使秦破大梁而夷先王之宗庙，公子当何面目立天下乎？语未及卒，公子立变色，告车趣驾归救魏。魏王见公子，相与泣，而以上将军印授公子，公子遂将。魏安釐王三十年，公子使使遍告诸侯。诸侯闻公子将，各遣将将兵救魏。公子率五国之兵破秦军于河外，走蒙骜。遂乘胜逐秦军至函谷关，抑秦兵，秦兵不敢出。当是时，公子威振天下，诸侯之客进兵法，公子皆名之，故世俗称魏公子兵法。"

此时，风采至极。

但是，这一切的光耀都在瞬息间除以虚无：秦王行金万斤，贿赂晋鄙客，毁谤公子，公子遂不得用。

这是个算式：无穷大除以〇。

用这么大的力量，扼读者之腕。所以，下面这段平平写来，已是极美："公子自知再以毁废，乃谢病不朝，与宾客为长夜饮，饮醇酒，多近妇女。日夜为乐饮者四岁，竟病酒而卒。其岁，魏安釐王亦薨。秦闻公子死，使蒙骜攻魏，拔二十城，初置东郡。其后秦稍蚕食魏，十八岁而虏魏王，屠大梁。"

郑板桥《咏雪》诗，雪花的轨迹可拿来咏写魏公子生平：

一片两片三四片，五六七八九十片。

千片万片无数片，飞入梅花总不见。

再回到王维诗，说第四句的几何。

前人说这句"如画"。这样的说法如同说一道几何题目"如画"，是不知画。此处，诗的妙处在于用几何法写少年意气。

"高楼垂柳"——有更好的词形容楼、形容柳，为什么用"高"，用"垂"？

王维自是山水画南派的滥觞。中国画散点透视，以西方观点，似是不讲透视；但中国画从来不是作为完全客体的一种观看，展卷之间，游目骋怀，动势地观画，才是中国画的观看法。所以，不是不讲透视。散点透视是散步点的透视，反而最讲视角，从一个角度看去，看不看得到、需要展卷多少才能散而看到，考量的精微更胜于两个消失点的西方科学透视法。在毕加索出现之前，中国古人看西人画，简直是一种降维打击。试看苏州园林，隔与通，造境与借景，用了多少视觉的延阻、消失点的重构，从而营造意境的幽深可玩。

系马高楼垂柳边，就是一个讲求几何与透视的例子：

少年游侠把自己最为贵重、视若生命的马系在高楼垂柳边，自去饮酒。想少年豪气干云，饮酒自要去最高楼（否则点出"高楼"无意义）。如此一来，画面中最有趣的地方出现了：去了最高楼，要看自己的马，视线已被垂柳（柳叶已经垂下，状其浓密，阻碍视线）挡住，马已不在游侠的视线中。会不会丢？有三种可能：其一，和酒楼熟，系在那里就放心了；其二，不在乎马丢不丢，相逢意气更重要，甚至超过生命；其三，游侠的马，方圆百里，无人敢窃。这三种可能，均写出了游侠意气，而侧写意气的方法，是几何。

惜历来评说视角，只见"如画"。王维身为山水画家、隐居圣手，其人其诗，要从垂柳中看，从高楼上想。从楼上一目了然，问来者何不一往？何不一往？绝知此事要躬行。那一段打斗比《卧

22

虎藏龙》的屋山竹海还要好看，还要深藏不露。后文再说。

另说几句"少年游"。

一次新年，去听意大利合唱音乐会，流光溢彩，精彩纷呈。返场曲风一转，一个长发披肩的少年，于静里唱起《鸿雁》。他的中文是拼出来的，拼了最后一段，只一遍遍唱着：

> 鸿雁，
>
> 向苍天，
>
> 天空多遥远；
>
> 酒喝干，
>
> 再斟满，
>
> 今夜不醉不还。

顿时明白了"塞外"是什么，"少年游"是什么。

什么叫做纯真之歌，什么是热情纯粹鲜明，什么是理想执着，什么是不惮代价的生命寻求。

这弓刀大雪上翩然卓立的少年之声，完全扭转了这一首歌略显伧俗的印象。

那个带着报幕员的腔调有感情报幕的小孩，永远也无法成长为少年。

那个少年的我什么时候回返并占据我的心灵？

在这般蔚蓝色、草莽色的少年歌声里，我的心久久不平。

支离第五 | 王维 送别

下马饮君酒，问君何所之。

君言不得意，归卧南山陲。

但去莫复问，白云无尽时。

请君下马，请君饮酒，问君往何处去。

君说不得意，要去归卧终南山边。

去吧，莫再问了，那里白云无尽。

诗人送别一个去往山间的朋友，是目送他——解开人世的羁绊，送别者也同时玩味着这些羁绊的扣子。几多羁绊？粗略看来，是九重羁绊，九重边境线。

先看首句，"下马饮君酒"。这里三个名词，"马""君""酒"，是三重边境。

"马"，本属自然界，被人驯化，成为文明世界的交通工具，而此时又将往赴南山。一匹马即将野化为李白"且放白鹿青崖间"的白鹿。文明与自然，马作为一体两面，是第一重边境。"酒"，世俗间盛在杯中的液态应酬物（这里指饮酒而别的仪式），又是让人进入酒神状态的媒介。所谓"山巅立起一瓮，整个荒野向此瓮汇聚"，一尊酒瓮，既原始又文明，这是第二重边境。马是自然，也是文明世界的交通工具；酒是野化人的液体，亦是应酬的礼仪工具。这两样东西都很矛盾，一如即将归隐的此"君"。

在诗中，"君"的形象抽象，仅可获知他是个即将归隐、断绝与社会关联的人，又是与诗人（城中的人）相熟的人。暮色苍茫间，"君"的身份摇摆，此"君"是第三重边境。

马和酒都有自己的方向感。偃骖骓于上路，这里"下马"，则踟蹰；下马饮酒，本是豪爽，而这里"饮君酒"，则勉强。物非常态，显出"君"的犹疑，"君"的"寒塘欲下迟"，"君"的"拣尽寒枝不肯栖"。去往南山之马的速度很慢，慢到可以让王维倚马写一首六句的诗。在归与不归、知与不知何所之的惆怅之间，是第四重边境线——迟疑。

第三句，"君言不得意"，这句耐玩味。"君"之所谓"不得意"，指的当然是世俗生活的不得意——不得志，不得名，不得利益。

与之相对的"但去莫复问"，说的则是"得意忘言"的状态，语见《庄子·外物》："筌者所以在鱼，得鱼而忘筌；蹄者所以在兔，得兔而忘蹄；言者所以在意，得意而忘言。吾安得夫忘言之人而与之言哉？"

此"得意忘言"和"君"说的"不得意"，是一词二用，意思不同。说在文明的边界内、在世俗中不得意，没有关系，仍然可以怀有庄子的得意，在"莫复问"的"忘言"中，在"白云无尽时"的静默里，得意忘言，得鱼忘筌，得云忘返，但去但去。

这个语境的偷换令人想起"会做人"这三个字（"会做人"与"不得意"，可以做一副对子了）。在中国，不会做人，就是情商低。然而，贾政看贾宝玉就是情商低，贾宝玉看贾政恐怕也是如此，盖因他们对"做人"的认知不一样。

"世事洞明皆学问，人情练达即文章"，有此对联的房间，贾宝玉待不住。他的做人，是"世事洞明浑如梦，人情练达呆石头"。

"会做人"自有语境的边界，"得意"与"不得意"，也是如此。这是诗中第五重边境。

"南山陲"，诗中最容易辨识的地理边境线。终南山在长安城边。前些年访西安，看到大学城边上山形奇怪，兀立城边，若近若远，查地图，就是终南山。有所谓"终南捷径"的说法，即不主动求取功名，而归隐终南山，等着皇帝来访。"南山陲"是地理的边境线，也是归隐与招隐的边境线。这是第六重边境。

"但去莫复问"，这个修辞方法新异，不是设问，不是疑问，不是反问，可以称作"预设问"。"君"并没有问（"你觉得这决定如何？"），其意态有一个非问之问；"白云无尽时"，是诗人的非答之答。这个"预设问"走在第七重边境。

"白云无尽时"，第八重边境。山中白云，一种什么都看不见的明亮，一种什么不得意都不再记得的场域，你的马，你的酒，你的得意，都偷换了另一番意义；对应"君"之"不得意"的，是无尽的岁月和空间。这里的"白云无尽时"，和王维《终南别业》的"行至水穷处，坐看云起时"还不太一样。前边交代"归卧"，则其人是卧看"白云无尽时"。这个很像临睡前无尽地刷手机：那也是一种"白云无尽时"吧——睡前刷手机的时辰，就是现代人想要归去而寻不到的南山陲。

继续把玩这第八重边境。唐时没有香烟，但"白云无尽时"特别类似香烟。现代人在话说完而意未尽时，可以选择敬上一支烟，两个人点起来。这里是国人特有的无言，特有的愁苦，特有的"白云无尽时"。敬酒引向形而下的话多，敬烟引向形而上的话多，这也很妙。

烟草真是有意思的人类玩物，一支烟即是一座山：外裹一层白石陡峭，内里是芳香的草，过滤嘴是云根，商标是山名（是的，也有无名山）。单手护持，火石点染，呼吸吐纳，遂得生命：火线之内，是蓬勃春夏，火线之外，是枯萎的秋，而极热极灼处，却是一层霜雪铺就——此之谓山中四季。更为奇幻的是，在小应酬间，作为物质的烟山，渐次演化为能量，演化为烟云气象，小小的能量释放，小小蘑菇云，小小聚变在二人眼目之间。惆怅，抱怨，犹豫，踟蹰，皆无尽，白云丛雾，无言倾吐，也是无尽。一支烟是白云器，是莫复问，是不得意，是南山陲。有尽有形的小物件，信手间化作无尽的意蕴烟云，和一枚并无语言可以为之停顿的标点符号——烟头儿。这便是现代人"白云无尽时"的方便法门。对"白云无尽时"的迷恋，或称"烟瘾"。

如此，全诗以酒开始，以烟作结，以"酒逢知己千杯少"开始，以"烟逢知己半句多"为不结之结——送别是宽慰伤怀，是彼此映照无奈的心——我的朋友，我也不知道立身的方法，复杂的问题，没有答案；我的临别赠言，只有白云，只有香烟一支，我的朋友，你好，再见。

如此，在自然与文明的边境，礼仪与放诞的边境，面目苍茫的边境，迟疑的边境，语境的边境，地理的边境，预设问的边境，云的边境，八重边境，让人迷思不已。马克思说过，"这（喜剧）是为了人类能够愉快地同自己的过去诀别"，送别正是这样层层诗意的送别，层层诗意的喜剧。

此外，还有一重，没有这一重，这首诗还不足为"迷思九重"：反观"下马饮君酒"，有些奇怪。"我"与"君"应是偶遇，不知他要去哪里，为何能抢先一步，设宴在此？又抢先一步，设非问之问，作不答之答？奇怪奇怪。但是，有不奇怪的解读：将这里的所有动作都当成诗人的心理活动。

那么，此处"下马"可读解为他的"恍范儿"，即并没有"君"，抽象的"君"是诗人外化，整首诗是他本人自斟自饮，自问自答：

> 下马恍饮酒，自问何所之。
> 自答不得意，归卧南山陲。
> 但去莫复问，白云无尽时。

王维壮年从辋川出仕，忍别辋川中逍遥游居，历尽世间坎坷遭逢，山中城中，暮云祥云，两般况味，他最有感触。这样说来，九重边境线上的迷思之"君"，不是诗人，却是谁人？

招徕第六 │ 王维 杂诗

君自故乡来，应知故乡事。

来日绮窗前，寒梅著花未？

// 一·有关故乡

王维的这首《杂诗》，前两句迭用"故乡"，形成延宕：我要开始问问题了啊，我想问问故乡事；故乡事千头万绪，猜猜我会问什么？

直到第三句，仍未见诗的意思：要不再猜猜？问题范围是"你应知而我会问的故乡事"。

前三句形成悬念，使读者预期一个郑重的、一本正经的、道德感化的问题，产生情感冲击。哪怕给一千次机会，也未必想到这个问题吧？一个乍听起来颇不正经、无关道德、微不足道的问题，实在难以想到。

在万千种可能中，为何偏偏出此一问？

这样微不足道的一问，何以让古往今来万千游子，以及并未出游却失去故乡的人感同身受，如遭电击，诗意从何而来？

听到一位论者引述现有研究，指出：问"寒梅著花未"，表明王维是极自私的人。若从这一点归谬，那么千百年来所有喜爱这首诗的人，是不是都爱王维的自私，为其自私打动？显然不是。

这个归谬的思路听起来很不错。论者接着指出，"寒梅著花未"让人想到其老师提及的台湾大陆老人多年后辗转相见、百感交集的刹那，准备好的问题变成一片空白，问的是家乡有没有通电，说这里用一件不相干的事情避免感情的直接碰撞，是一种心理上的自我保护。

初听很有道理，但同样来做归谬，千百年以来所有喜爱这首诗的人，是不是都爱其规避？是不是"大陆家里边，通电了没有"与之有着等量的诗意？

如要表现急切间避免感情的直接碰撞，从构思的角度，诗像下面这样写似乎更能达意："闻道客从故乡来，急急当面询乡事。相对支吾不能言，唯问寒梅著花未。"

如下文字甚至更准确："闻道客从故乡来，急急当面询乡事。相对支吾不能言，唯问家乡通电未。"

而不是像现在这样，从第一句就开始从容地铺垫。在王维这首诗中，问者并不着急；有些惊诧的，反而是未写出的被问者。更看《杂诗》组诗，一共三首，本诗为第二首，更有从容铺垫情绪的第一首：

> 家住孟津河，门对孟津口。
>
> 常有江南船，寄书家中否。

"唯问家乡通电未"可以表达心理上自我保护的意思，而"寒梅著花未"并不是要表达此意。那么，诗意究竟何来？

回到诗中寻找情感的线索，不能忽视的，是第三句"来日绮窗前"。试换成："来日雪风中，寒梅著花未。"诗意暗损，失去精魄。

"寒梅著花"如精魄一点，"来日绮窗"如精魄的莲花身。

细看此句，它不但形成时间上的延宕，更重要的，是点明了一个观看者的视角。

很像电影语言中的"过肩镜头"，并不是单纯地看过去，而是过绮窗而看。这里就有了过肩镜头一般的意味——这是一扇看得见风景（寒梅）的窗户。

这个窗前视角，属于童年的王维。也属于询问故人时，再次回到年少时窗前的、此时的王维。

寻寻觅觅，周游世间，回身反顾，再次回到童年的窗前，在故园往事的迷雾中，很多事情都黯淡不见了，却看见鲜亮的寒梅开。寒梅盛放，便连接起此生诸多重要的或微不足道的时刻。所有童年的往事，童年读过的书，童年最喜欢的看雪的日子，都汇聚到窗前"寒梅著花"的那个时辰。彼时所不知其珍贵的回忆，被寒梅一枝所锚定，恍然知觉此梅花是生命的锚。

一枝梅开，天地有情。

不管梅花开放与否，念及此梅，故园许多风物，少年多少岁月，历来几多思乡，便一时明亮了起来。

这就是寒梅一枝所寄予的深沉感知。

由此，寒梅的花语是：故乡来的人啊，你可知道，我的游魂一直站在梅花树下，绮窗前的注视从未息止；可是，世事在我的注视与我的真切感官之间一直深重地隔绝，没有来日，没有归期。我仍然希望，不倦的投射能有回响。故人啊，你可否为窗前少年撒一个善意的谎，告诉这个向外求索的孤寂灵魂，那株枯木依然立在雪中，等你回去相对开放？

由此花语，试作客人答诗："我从故乡来，原知故乡事。故园已沦陷，寒梅薪为烬。处处散梅香，飘飘雪天底。何日从君去，相看一窗绮。"

在你心里，是否也有如此微妙的共鸣？

因你的童年也有一枝花在盛开。故园已深深沦陷，那枝花犹在寂寥宇宙间，星星点点开放。

由问梅花的人，念及采莲的人。《江南》那首诗，放进特殊情境，也有类似的动人——设想一个人回到他的江南，童年风物已拆迁，于是在崭新的、俗套的步行街慢慢走，慢慢作采莲行，慢慢吟哦：

<u>江南可采莲，莲叶何田田，鱼戏莲叶间。</u>
<u>鱼戏莲叶东，鱼戏莲叶西，鱼戏莲叶南，鱼戏莲叶北。</u>

// 二 · "自私"的王维

之前说到一位论者引述现有研究，指出：问"寒梅著花未"，不问家事，不问本应该挂念的事，只问一枝寒梅开了没开，表明王维是极自私的人。"若从这一点来归谬，那么千百年来所有喜爱这首诗的人，是不是都爱王维的自私、为其自私打动？显然不是。"

这个归谬的思路很好。

乍一看，也觉得"显然不是"。但细推究竟，千百年来所有喜爱这首诗的人，竟真的是爱王维的私心，并为其有私所打动。

为了更直观地说明这首诗的诗意，在此置换如下，也许可以看出"私心"的意趣没有多大变化，人们爱的，确是其私心的这一点意思："我到故乡去，殷勤探故乡。先去小吃店，豆花多放糖。"

殷殷切切问切己小事，这份私心，可爱动人。

前几天去菜市场，一个小摊，左边卖黑猪肉，右边新卖起糯糯的鸡蛋饼。

有熟客打招呼："你很会做生意呀。"

"这叫'全方位发展'呀。"老板答。

接得不算机警，但这是小市民可爱的小算盘，相信世人也能感受到其间的和悦气氛。于闹市间私心坦荡，是菜市场上特有的情味。

所谓"年味"，更是一种小算盘上立足的体己味道。做年糕，是为粘住灶王爷的嘴，不叫他上天说坏话。因着这种私心，才生发出可爱的年味。春晚也不例外。每逢过年，念念不忘的总是侯宝林、马三立的相声。后来的相声不好听、小品不好看，最根本的问题就是丢掉了私上立足的那份体己，丢掉了打着小算盘的活的人性。那个喝醉了仍然害怕手电筒关闭、从光束上掉下来的人去了哪里？提着裤子唱着"啊朋友再见"、讲相声《虎口脱险》的人去了哪里？那个"皇军托我给您带个话"的人去了哪里？脱了白手套、安安静静坐在门边来"学瞎话"的人去了哪里？马三立的相声里，"逗你玩"的人去了哪里？用最后一个大问的机会，叩问"来时的火车票给报吗"的人去了哪里？张三其人的"人"，去了哪里？可以观照到我们自身小毛病、小人性、小算盘的人，都去了哪里？人人只为保全，言必高台教化，小人物有了大道德，不再可爱，不再闪耀人性之光。年味，即人之味道遂渐渐消失。

那么，人有私心，是不是不要讲公德了呢？

讲公德，分为两种。

一种恰恰是王维寒梅之问式的有私：立足于个人的"私"，从而体会、共情别人的世界，尊重他人与自身的边界，进而自然而然、油然生出待人接物的礼貌。

另一种则是径直进入他人的边界，替对方操心，行一种越权的"礼貌"。此时，公德更像"公地悲剧"。

两种公德是有区别的。

"你啥时候结婚呀？快结婚。"——不能体己，岂能体人？第二种公德视野中的礼貌用语，在第一种公德中却极不礼貌。

私心并不是排斥公德，而是从自身出发，体己体人。演化出来的，是一种不虚伪、与人相处如沐春风的宽适公德。

公心很好，值得赞美。如北欧，以私心立足，延展至博爱公心，令人神往。而表面卖力宣扬公心者，反而值得警惕。有君子处必盛产伪君子。即便不是伪君子，没有私心做核的公心也值得警惕。心理学告诉我们，过于"乐于助人"其实是一种因人格缺失带来的病态。再退一步，即便无病，所有人都没有私心，这个世界就好了吗？这是一个被历史反复检验的问题。

今日城市广场的多数古代人物塑像一脸刚毅，本应生动的古人都似忧国忧民。极端的情况是自然博物馆的原始人，同样一脸刚毅。这一定是错的，是抽掉人的立足，甚至连原始人也没逃脱。

回到本诗，王维并无道德上的负累，不在意别的人与事，单刀直入，径问体己一花：我问此花，花上立足。因为唯有此花上，我的小念头才牢靠，才能生发做人的意趣。此花是我人伦私意，是我坐卧行藏、出世入世、生命无限光彩的触点，是生命具备无限可能性的起点。把自己的私心光明正大地袒露，需要一点点坦诚的勇气，也带来十足的动人心意，恰如那一点寒梅颜色。

愿你的私心也有丰沃的土壤，私心上有一朵自己的寒花开放。

愿那是你在意的事。

二编

担山第七 | 王维 辋川集

// 序

《辋川集》，王维自编诗集，收录与裴迪歌咏辋川诸景诗，
二人各有唱和二十首。

历来选本，多选其五景鹿柴、十七景竹里馆、十八景辛夷坞，
以为特别出色者。然而通篇考察，《辋川集》作为山川地理的写
照集，以山水的情态，映照世相林林总总、红尘去去来来，相互
联结，产生更深意蕴，宜从整体得其精神。请看《辋川集》序，
已是可以独立观赏、流连不去的佳篇："余别业在辋川山谷，其

游止有孟城坳、华子冈、文杏馆、斤竹岭、鹿柴、木兰柴、茱萸沜、宫槐陌、临湖亭、南垞、欹湖、柳浪、栾家濑、金屑泉、白石滩、北垞、竹里馆、辛夷坞、漆园、椒园等，与裴迪闲暇，各赋绝句云尔。"

每观此序，如观一座白云山。这"明月来相照"一样清澈的情感之流，这忘川之水一般流过世代的辋川气象，二十个亲切小问组成大问——世间现有的文明形态，是好的选择吗？

让－克劳德·卡里耶尔在《乌托邦年代》里这样写道："打从开始工作，我俩便自觉遗世独立，时常想象自己迷失在过去的时代，有时还以此自娱。我们是遵循了怎样古怪的本能、为何选择托庇于过去？这种疏离的态度，这种对现世的漠然，它源于何处？与此同时，奇异的回声从四面八方传来，搅扰着表面的平静。"

风自辋川来，要到市中去。王维邀请世人走进此间。且待古诗觉醒，细细说来。

// 孟城坳

> 新家孟城口，古木馀衰柳。
> 来者复为谁，空悲昔人有。

辋川，秦岭北麓峣山间的一片山水，地近西安。辋河从南进入山谷，自北流出，在山谷中淀为欹湖，众多河溪水也同时从四面注入，远望如车轮辐辋，故名辋川。

"辋川"这个名字，如果去翻译、回译、翻译、回译，所得的名称，也许是"被忘川环绕的鹿的居所"。或用日本古诗学者的名字，是"小川环树"。辋川，森林道场。

开元十八年，王维三十二岁左右，仕业不就，隐居终南山辋川，"新家孟城口"。

孟城口本是初唐诗人宋之问的别墅。宋之问曾在朝中煊赫一时，后两度贬谪，客死他乡，这所辋川别墅也随之荒芜。

时代过去，前人了无踪迹；那么，后来人看到我的辋川，也应只剩下衰柳遗迹而已。

于是，在此时，"我"空悲于昔人的"有"。

这首诗里最难解的，是这个平常的"有"字。昔人"有"的，是什么？

前年沪上，参观山西博物院藏古代壁画艺术展。第一幅是北齐东安王娄叡墓的《迎宾图》，颇能感受到"有"字的况味。

画上有风。人物有主有从，前后人物仪态各有细节，视线上的错落交织带来画面的不尽延展。主人居中，恭候来人，导引者目光随之；其后左右，有三人目光被一边的情况吸引，远远的，意外地，是谁迎风而来？最后边站立的三人则目光相交，于此庄严场合不能肆意交谈，而以眼神沟通。他们在说什么，无从考证，但是其间氛围是"有"。

他们共怀此"有"，在生动的风里等着墓主人的归来。这是墓道深处最终的慰藉，是"中国"的一种究竟：时空虚空的尽头，是有形象、有温度的，是一种归宿。你行到终点，究竟是个"有"。日落西山，星星沉没于海，人还归于祖先那里，安坐下来。

"有"，时间的寓所。

孟城坳是一座往昔馆，平行宇宙中，丰足地"有"着的馆舍。

看日本大河剧，有些剧集会在结尾加上今人探访历史遗迹的花絮。山丘上馆舍残留的几块石础，哪里的居所还沿用着建城以来的水道工程，哪里的樱花开了，曾经有千人赏樱的聚会……一处小小的遗迹，都给人以历史的抚慰和支撑，这就是"有"。

而所见很多地方的遗迹，无论大小，皆是红墙高瓦大石狮子，几星几 A 地招呼过去。热闹是热闹，可惜有些东西"没有"。

前段时间去一座皖北小城，当地的商业开发似乎很不顺利，于是一整条小石板街得以保留。

石板上有前朝车辙痕迹，能想见当时的车水马龙；以人的尺度，作人的行走，一砖一木，皆有故人心迹。从没来过，却觉亲切。好似小型时光机，带我回温暖的故宅街坊。三三两两孩子跑过去，像一直在时光那头等我归队的玩伴，招我一起来指天星、过天河。

又想起人间这些年来许多辜负不可行，在这里，却如重温母爱，好像在说："嗯，我知道的，东风射马耳，世路总难行。但是，纵令时流如此，我仍印证你心。"

回到这样的往昔馆，我在昔人中，感到舒展、从容，一晚睡得安恬。

我们本该承接古往、连接新来，身上流过忘川之水，让古木衰柳焕发绵绵不尽的春时。

这本该是每一个人的样子。

开元十八年，王维三十二岁左右，隐居终南山辋川，徜徉在自己的往昔馆。前问来者，来者复为谁？他的空悲，是否可作我们的"有"？

你的往昔馆舍又在哪里？

// 华子冈

飞鸟去不穷，连山复秋色。

上下华子冈，惆怅情何极。

飞鸟去不穷：

由近向远，视线延展。

很像眼保健操收尾的动作——望远。

连山复秋色。山连着山，有如平行的画幅，一种左右平移的视点移动。现在、远近、左右，都有了，怎样构成三维的舒展？——还需要上下——

上下华子冈。

如此，眼界内的远近、左右、上下，形成了视点在自然中的舒展调度。

这是电影运镜的语言。二维的电影如何创造出立体的错觉？可以注意到，好电影开始的几个镜头，必会有视点远近、左右、上下的摇移。有此三种运动，立体感就出来了。而有些电影的前几个镜头并没有这种讲究，草率、随意，或是刻意引人注目却不得要领。开局有没有拉出三个维度，是分辨一部电影有没有"电影味"，值不值得往下看的一个小窍门。

说回这首诗。眼界内的四方调动，电影中是"画动镜不动"；

自家身体上下华子冈，则是"镜动画不动"。短短四句小诗，不动声色间，已做了如此丰富的镜头传达，三个维度被一一点亮，辋川飞旋、降临到读者的眼前身前，变得亲切有形。

而三维之外，另开一个新的维度，比如知识，比如诗意，事情就会变得很不一样。比如，一个中型教室的尺寸，开一个新的维度，则成为篮球场（篮球就是这样发明的）；一片小型的长方形荒野，开一个新的维度，则成为足球场。

俗话说"读万卷书，行万里路"，意思是用脚来铺展三维的生命质感，再用读书的洞见，为三维感知拓展一个新的维度，如此，就有了四个维度的生命体验。而"万卷""万里"，其实不用如此贪多。若带着显微镜，则半里路就是千万里的路，半卷书就是一整座图书馆的书。仅仅春天的绿色，人眼能分辨出的，就有千余种。大自然何等无穷，二三里路，一本半本书，慢慢走，细细读，也可以获得无尽新知。

而在华子冈，这心智运动可作何种比拟？飞鸟去不穷，似"一只鸟接着一只鸟"的写作状态：一个字接着一个字，投入写作的舒展场域。写作者有独特的行为，把自己的天赋云团，运载舒展到无人的天上，尽意释放和舒展，在此飞地上刹那立足，从而短暂地脱离动物性，而产生刹那神性，即天空大爆炸。

飞鸟去不穷的天空，是空间的极致，是你可以拿去的天空爆炸馆。即便你在狭仄角落或混沌世间，在拥有飞鸟去不穷的天空，有空中无尽的燃放。

华子冈，一处小山冈，一处无尽藏。

越过《孟城坳》的时间馆舍，来到空间的上下无穷。这两首初看平平无奇的小诗，其时间和空间的从容，足以支撑一个人探索世间的诗意。然而，只有亲历自然之感染的人，才能真切体会此中意味。随后的《文杏馆》就综合了前两首，是时与空的飞岛。

// 文杏馆

《辋川集》的前两首诗讲到了时间的往昔馆舍和空间的生命

质感，围合成隐逸诗人的诗性时空，平平无奇，却支撑起他的时空宇宙。接下来的三景文杏馆、四景斤竹岭，以及遥遥相望的十七景竹里馆，草蛇灰线，可连缀为一系列。先看其三《文杏馆》：

> 文杏裁为梁，香茅结为宇。
>
> 不知栋里云，去作人间雨。

这里的仿生很别致，是反向的：自然界模拟人间的梁宇。一切都搭建好了，那么栋里云去了哪里？"不知"意为"不见"，看不到云，云该是去人间化作雨了。

这里的云和雨就像王摩诘此时的心境。虽身处辋川，却也在等待济世的机会。其后的人生，还会有幽情、奇遇、重逢、喑哑、梦游、星精、豪侠、弹剑、贤节、歌啸等繁复心意，那是他华美的"人间雨"吗？

为什么说这一首和其后两首形成草蛇灰线的一系列？试看后两首。

其四《斤竹岭》：

> 檀栾映空曲，青翠漾涟漪。
> 暗入商山路，樵人不可知。

十七《竹里馆》：

> 独坐幽篁里，弹琴复长啸。
> 深林人不知，明月来相照。

三首诗都出现了"不知"的情态，是渐次深入的过程：其三《文杏馆》写的是主体（我）不知客体（云）的去向；其四《斤竹岭》，"不知"形成了两个解释——暗入商山路的主体（我）不知山更深处的"樵人"去向，未入商山路的樵人也不知暗入商山路的我的去向；十七《竹里馆》，外界的人不知主体（我）的去向。

如此，三首诗造就了层层深入的局面，由"我不知"的艳羡云彩，到物我两不知的商山路径，再到"不知我"的逍遥独处，三番潜行，迤逦而入，写照心境转深。三首诗的关系也营造出一番新的诗意。孔子说："人不知而不愠，不亦君子乎？"人与人之间宿命般的"不可知"，其中许多情味况味，被王摩诘写入此中：人不知而自得我商山路径，不亦隐君子乎？

王摩诘更有一些诗，是"不知"的变体：

> 劝君更尽一杯酒，西出阳关无故人。（无知者）
>
> 遥知兄弟登高处，遍插茱萸少一人。（遥知）
>
> 君自故乡来，应知故乡事。来日绮窗前，寒梅著花未？（应知）

这些"不知"之诗，细诉着生命的遗憾：不知云、不可知、人不知，无故人、少一人、著花未，皆是时空阻隔、人世无奈所造成的间阻无情。间阻无情而宇宙有情，是宇宙间浩瀚瑰美之情，其情味好比精卫填海——你尽可以用许多石头填海，却无法向大海要回石头。

斤竹岭

> 檀栾映空曲，青翠漾涟漪。
> 暗入商山路，樵人不可知。

空曲，写山的广阔回环；涟漪，写竹的波涛之状。

秀美之竹，广阔回环；青翠颜色，呈涟漪之貌。暗入斤竹岭商山小路，四面如水波，人行山岭如行水上。

回顾前三首，我们在古今、上下、远近的时空里徜徉；写到第四首，四面风竹如水波荡漾一般，飘飘欲仙，渐入佳境。

到这里，组诗里第一次出现人与人之间的小违拗："樵人不可知。"

我与樵夫既皆行山上，为何两两不可知？在山中，我与樵夫的关系，可从王维《终南山》的另一句看起："欲投人处宿，隔水问樵夫。"

欣赏过一件书法作品，写的就是这首。但最关键的一字错了，不知是否有意为之："隔水问渔夫。"似乎也可以？这里涉及古典中国很重要的"渔樵"之辨。渔因水而谋生，樵因柴火而谋生，二者分别衍生出线性的戏曲（水）和电火的电影（火）。

注意渔樵之别。"隔水问樵夫"，樵夫与我皆不能涉水而相会；但隔水相问，你想问什么，我都可以告诉你。你不承担和对方交往的义务，也没有友情的负累，只是这样相看、相问于江湖。相问比相忘更近，比相得更远。与樵夫隔水相问，获得了此时对话的人际愉悦和独行的隐逸愉悦。

人之间，山相遮，水相隔，若断若连，相隔相望不能相得相知。这，就是人与人之间的舒适距离吧。

如此看来，前两句的山行如水就有了意义。斤竹岭，如水之山，樵人在水之外，不可知我；或樵人竟在水中，我不可知。我与樵人同在山中，却不遭逢，只一味畅行，洗去了人世的责任，使得人与人之"仁"的关系荡漾涟漪，生出空曲意味。

这就是王维的审美距离，王维的隐逸馆舍。

自此，他由时间的往昔馆，去往空间徜徉的天空爆炸馆，随云彩向人间跃迁，又复渐入佳境，隐逸此身。

自此，前四首构成这样的时空趣味：古今（空悲昔人有）、上下（惆怅情何极）、远近（去作人间雨），以及明暗（暗入商山路）。

小时候住在四合院的瓦房里。夏天爬到屋顶，在槐花树下骑屋脊而坐。眺望远方的院落，有人叫卖冰糕，"冰糕啊冰糕，三分的五分的一毛二毛的"。就冒叫，"要冰糕"。卖冰糕的问："你在哪儿呀？"我猫着说："我在这里呀，要二毛的冰糕。"巷院间，回声四响，卖冰糕的团团转，却找不到商山路上的我——抱歉，原谅一个小孩儿的顽皮——可在辋川中，我又见到童年那种自得的隐身感，这长啸而人不可知的光亮的"暗"。

彼时小小的我，也在隐逸馆中。暗入商山路，冰糕不可知。

下一首是《鹿柴》。鹿柴，辋川的眼睛。

// 鹿柴

空山不见人，但闻人语响。
返景入深林，复照青苔上。

一

这是一个明亮的时刻，
诗的质地纯粹。
而心灵层面，深邃。
历经前四首的晦暗（衰柳、秋色、不知、暗入），
诗人在这里写出光。
此时，觉知如锋刃，当他——
遮蔽了一半的视觉（不见人），
如盲人般仰仗于听（但闻人语响），
便得到了人世的层层影：青苔上的返照。

60

这些返影，青苔上二维化的人的影像，

是人的——

不见之相见，

不对话之倾听，

不寒暄之冷暖。

借助深林光的幽冥之照，

失明馆使人洞察。

前四首的

悲伤（空悲昔人有），

惆怅（惆怅情何极），

失落（不知栋里云），

幽怨（樵人不可知），

其间微小的——

Och，

在复照间，变为山川境的——

Wow。

这不是等闲的领略，是探入幽山所得明境。返影中有昔人，有惆怅，有去作人间雨的云，有樵人不可知的幽怨……这些影在此汇聚，交织如乌云中的电。

戏剧有一种高级的高潮设置，叫"反高潮"，即高潮处反而极静地攫住观者。鹿柴，经由《孟城坳》《华子冈》《文杏馆》《斤竹岭》到达的《鹿柴》，便这样极静地攫住读者。

这首诗常被单独欣赏，就像把鸟关在笼中观赏它的飞翔。

二

空山不见人，但闻人语响。

返景入深林，复照青苔上。

如今，在《辋川集》第五首回顾所来的《斤竹岭》：诗人曾因进入不被人知的商山路径而窃喜。此时，进入更深邃的鹿柴，心情又是如何？

楚辞《山鬼》有言："若有人兮山之阿，被薜荔兮带女萝。既含睇兮又宜笑，子慕予兮善窈窕。乘赤豹兮从文狸，辛夷车兮结桂旗。被石兰兮带杜衡，折芳馨兮遗所思。余处幽篁兮终不见天，路险难兮独后来。……"

"若有人兮山之阿"开始，是一个类似行于商山路上的山的探寻者；而"余处幽篁兮终不见天"之后，是山鬼答话。这里用了巫祝的形式，自歌自答。

同样，《鹿柴》可看作第四首《斤竹岭》的答歌：《斤竹岭》中，诗人问，樵人去了哪里？樵人在《鹿柴》里说："我在空山里呀，你在商山路向空山里看，看不见我；我在空山里也不见人，但闻外面有摩诘走，摩诘人语响。你看不见我，可是你的身影返入深林，复照青苔上。"

如果说前四首还是行如山外游客一般看山，那么这一首则汇同樵人的眼光，从山中看取外界。

由此，经由这首小小的诗，我们游移出诗人的心，进入樵人的心，随樵人进入空山，成为山川明月的主人。

你穿过的袜子未必依旧属于你；把袜子翻过来穿，这时候，你变成袜子的主人。

由此，《辋川集》的前五首中，人似芥子，在自然的时空间徜徉游止，舒展生长——

古今（空悲昔人有）

上下（惆怅情何极）

远近（去作人间雨）

明暗（暗入商山路）

内外（空山不见人）

山主人坐下看林中返影。林中返影，是电影。为什么是电影？我们用光学知识来阐述。

三

空山不见人，但闻人语响。

返景入深林，复照青苔上。

这是一家电影院，诗人正在看电影——不是看电视，也不是躺着玩手机。

有的漫画会讽刺那些瘫倒在沙发里，沉溺电视与手机的人。但电影院中的人，漫画鲜有这样的表现。

手机和电视把人拉入深渊，而电影不会。为什么？电影天然是稍浅一点的深渊吗？

同样的阅读姿势，拿本书像知识分子，换了手机则像个文盲。又是为什么？

柏拉图在《理想国》中的描述，被视为电影的原型：有一间洞穴式的地下室，长长的通道通向外面，微弱的阳光从通道里照入。一些囚徒从小就住在洞穴中，头颈和腿脚都被绑着，不能走动，也不能转头，只能朝前看着洞穴后壁。在他们背后的上方，远远燃烧着一支火炬。火炬和人之间有一条隆起的道路，也有一堵低墙。墙后，向着火光的地方，又有些其他人。他们手中拿着各色各样做出动作的假人或假兽，将其高举过墙。这些人时而交谈，时而又不做声。于是，囚徒们只能看见投射在面前墙壁上的影像。

他们会把这些影像当作真实的东西,也将回声当成影像所说的话。此时,假如有一个囚徒被解除桎梏,可以站立并转头环视,就能够看见真实的情况。然而,这些囚徒却以为他看到的是幻像,自己见到的影像才真实。假如有人把这个囚徒从洞穴中带到阳光下,他眼前或许会因为光线刺激而金星乱蹦,以致什么也看不见。如此,便会憎恨那个把自己带到阳光下的人,认为这人使他看不见真实事物,还给他带来痛苦。

光从人的身后照,投影到面前,形成返照。如此的林中返影,是电影,是明月光,是王维空山所见光。

自然界有自发光和反射光。前者如日光,后者如月光。直视太阳,人无法思考;直视月亮,或视床前月光——反射之反射光(太阳先经月亮反射,又经地面反射的光),则起静夜思。

若这样说还不够形象,或可这样表述——前者如保安的手电筒照着你的眼睛问:"你是谁?从哪儿来?到哪儿去?"后者如循保安的手电筒,一起叩问:"来者是谁?从哪儿来?到哪儿去?"

前者是电视、手机等等所有发光的屏幕。后者是纸质书、

Kindle，还有电影，都在观看之余给人思考和奇想的余力。

而人易沉溺手机。面对手机呆看，貌似全神，实为失神；貌似专注，实为困于永恒的当下，难以进入思考状态，只是沉溺。英文里有句俗语："A deer caught in the headlight."（鹿被车灯攫住了）鹿看到车辆的大灯会呆住，站在路中央，忘记躲车。看手机的人如鹿，而不在鹿柴。

大多手机厂商没有做墨水屏，或许不只是技术的原因，而是希望人变蠢，配合愚蠢的应用软件，使大写的人成为顺应资本的意思盲目消费的人？

回到这首诗。

空山不见人——影院环境光关闭

但闻人语响——电影声起

返景入深林——放映机开始工作

复照青苔上——自然界的银幕出现影像

那么，王维是不是中国第一个看电影的人？何时，我们才能转过追逐世间幻光的眼轮，回看林中的返影？

四

日夕的光真好，太阳不再灼灼地提供光源，而是给人间一种温和的复照。

据说安定情绪的办法是默数"一、二、三"，观照自身，在纷繁中捕捉自身的情绪并命名之。情绪宛如空中的泡泡，仅仅命名，即令破散。佛家说，这一切"如梦幻泡影"，默念佛经如数数，并提供无数名词，来与自身的处境撞库，偶然撞上，泡影即碎。

泡影即碎的过程，即复照。

月光是日光的复照。

书法是语气的复照。

典籍是先民的复照。

修史馆是废庙堂的复照。

南朝是北朝的复照。

周游列国是玉出昆冈的复照，《论语》是周游列国的复照。

希腊语写作《沉思录》，是好沉思，是复照的沉思，沉思的复照。

多学习一种语言，多一种音声观想的复照。

猫和狗是游牧的复照。

青苔是草原的复照。

麻将台是家长里短无限琐碎的复照，戏曲是草芥生涯的复照。

园林是经纶世务的复照，百般譬喻是菩提心地的复照。

孩子是父母的复照。

钢琴曲是世间愁的复照。

摇滚是金戈铁马的复照。

世界杯是世界大战的复照。

马修·沃克博士在《我们为什么要睡觉？》一书中提及睡眠与梦境的功用：非快速眼动睡眠，腾空临时记忆空间；快速眼动睡眠，将这些临时记忆转移到永久存储中；而梦的作用，是让人对一段记忆安全地去除情绪。

安全地去除情绪，即复照。

J. D. 塞林格在《九故事》中写："一个人只要还能真正感到睡意，那他就总有希望再次成为一个完完整整的人。"

一座禅寺的墙上写着："面对它，接受它，处理它，放下它。"

观照自己的情绪，用近似冥想的办法，清醒着做一场让梦幻泡影破掉的梦，即复照。

英语也有一句极好的棒喝：Can you spell it?（你能拼写它吗？）

大至文明，小至个人，皆能从这"小哉斯问"中找到安顿。

五

复照，又类于古戏词的写法。

在当代，戏曲创作不太容易了，一个流行的观念左右着创作："戏是写情，以情感人。"进而说"矛盾冲突要剧烈"，又进一步产生一大批以"我对你这么好，你就对我这样？"为核心的戏。绕来绕去，不过是旧所谓"洒狗血"，而好的古戏曲并非如此。

古戏曲中，首先是垫戏，非重要场次的戏，锣鼓点让人进入适意的节奏里。给人陶醉的铺垫有如睡眠，而重要场次上，脍炙人口的古戏词作出最恰切的共情，使情理之心流动婉转于朝晦间。

古戏曲所谓的"故事"甚至没有讲完整，然而，其中的铺垫和清澈的情理之流，却是大成。那样的情节高点上，淘洗激越，将情绪梳理，为感情命名，使一时的情绪成为清澈的情理之流，成为传奇的一章节，成为人世间的传奇：我们所汲于戏曲的，并非"以情感人"的受情感摆布，是面对它、接受它、处理它、放下它的重生体验。

于是，戏最精彩的时候，演者反而极安静，如万物汇聚的精华，如花。花极美妙，展示着情绪的风貌，却不带任何人或动物才有的情绪。花遗忘了人类之情，亦深深记得人类之情——此即古戏曲的风貌。

未有爱如山之记得，亦未有爱如海之遗忘：古戏曲的风貌。

好戏词满口生芬，情理之芬：古戏曲的风貌。

"我们写作，是为了品尝生活两次"：古戏曲的风貌。

好戏词清越，如清澈溪流，激越有声，飞湍而不浊。

好戏词如站着飞，睁着眼做梦，坐着跑。

好戏词出于红尘，一时高蹈，是"风中有朵雨做的云"。

此全因复照的眼光，恰切的共情，达成湍而不紊的清流。

俗语说"先学无情再学戏"，这是很高的智慧——展现情理，展现情绪淘洗后的清芬。一台好戏，即一座复照美术馆，明净，动人，立得清楚；一台好戏，即人间安抚情绪的小百科全书。

六

举例说明。

《四郎探母》，人说佘老太君无事就爱报家谱。需要梳理情绪时，报家谱是很科学的办法。四郎前来探母，情感极为激越，台下君子，遇此情形，如何处理情感的五内翻腾、纠葛不清？佘老太君唱道：

> 【西皮导板】一见娇儿泪满腮，【流水板】点
> 点珠泪洒下来。沙滩会，一场败，只杀得杨家
> 好不悲哀。儿大哥长枪来刺怀，儿二哥短剑下
> 他命赴阳台，儿三哥马踏如泥块，我的儿你和

八弟就失落番邦，一十五载未曾回来。唯有儿五弟把性情改，削发为僧出家在五台，儿六弟镇守三关为元帅，最可叹你七弟，他被潘洪就绑在芭蕉树上，乱箭穿身死无葬埋。【摇板】娘只说我的儿今何在？延辉，我的儿啊！哪阵风将儿你吹回来？

此中要素是：数数目，正视并回顾各种境况，梳理情感。仅仅正视，即得救赎。而仅仅正视，在人世便殊为难得。又如《玉堂春》的《苏三起解》：

苏三离了洪洞县，将身来在大街前。未曾开言心好惨，过往的君子听我言。哪一位去往南京转，与我那三郎把信传。就说苏三遭大难，来生变犬马我当报还。

这段唱流传最广，因有微妙的价值在。看似闲言，若抽掉此段，一折戏垮掉。为什么？因为这一段将自己的命运一一梳理。没有这段自我观照，一路流转无从说起；没有这段唱，苏三起解千万里也没有戏的价值。苏三起解，去往何方？仅仅正视，即得救赎。古戏曲给人这样的抚慰，所以古戏曲耐听，所以古戏曲宝贵。

这一段唱词功用类于"自报家门"。有人说这样的出场平淡了、过时了，有更摩登的方式。但现实中，自我介绍，形式朴素，却并不容易。听过一句笑谈："我不会自我介绍，给您劈个叉吧？"委婉地道出自我介绍之困难。一个公民课不足的现代人，已难于一时之间组织起明晰、简洁、有效的语言，界定一个人的风貌，更别说这个人是难于自见的自己。"自报家门"让命运受限的角色带戏上场，带着百川入海的那种"平淡"的归纳上场，而非带着混乱的情绪说不清道不明地上场。"自我清晰观照"而又"表达分寸合宜"，这很不简单，很诗意，更是公民课的好示范。

又如普希金诗：

假如生活欺骗了你，/不要悲伤，不要心急！/忧郁的日子里须要镇静：/相信吧，快乐的日子将会来临。/心儿永远向往着未来，/现在却常是忧郁：/一切都是瞬息，/一切都将会过去；/而那过去了的，/就会成为亲切的怀恋。

若说诗要曲折，这首诗违背规律；但是看起来平铺直叙的话语，用直白如复照之月的话语来写记忆的复照（而那过去了的，/就会成为亲切的怀恋），看起来平铺直叙，其功效却是月色的平方，这首诗也因此亲切而不朽。

七

中国历史，治乱相间，一个短暂的乱世仿佛专为长久的盛世来作淘洗，比如楚汉争霸就是对秦时代与诸侯时代混乱人心的淘洗。

试把这淘洗复照写入话剧《羽》第四幕第三场《乌江》：

〔夜，平野，军士闲看远处火光。

三儿　火。

五儿　什么？

三儿　那儿有火，是白色的火光。

七儿　我一辈子没见过这样的火光。白中有翠
　　　色，一定是一些珠玉在烧。珠玉也偏不
　　　寻常，有些是举世的人都见过的，有些
　　　是举世的人都没见过的。有些价值连城，
　　　有个别的连城不换，却也惹得它的主人
　　　身死国灭。如今这些珠玉，都化为碧水
　　　青烟了。

三儿　你看错了，是琉璃色，极清澈的火，烧
　　　在带露的林中，就是这一种特别的光色。
　　　那树林也不是寻常的树林，有秦王准备
　　　给他的宠妃建造阿房宫的大木，他说这
　　　个爱妃可以换一个国，只是再没人有这

76

个本钱；有用来拨弄星辰的高木，那是李斯不满于天象的变化而选定的，挪动星辰可得永年，可惜树的尖顶被大鸟啄坏了，人们就笑话他备好了大木的材料，却舍不得做上一副好使的算盘，来算算大鸟飞行的轨迹；也有秦王子婴备做棺木的，他梦见自己是一条龙，头触到海上仙山的时候，尾巴还留在海岸这边，只有这么长的棺木可以盛下梦中的自己。而今，这些木头都化为焦土灰堆了。

七儿　咸阳的时候我亲见过这样的火光。当时大火三月不绝，火把一切都烧了，又拿自己的心来烧。烧了自己的心，又让大家都把心掏出来烧，可人都爱玩火，没人愿意烧自己。

五儿　你们都看错了。哪里有什么火光，不过是灰烬，是一些星星的幻影。有的人死了要变成星星，到天上去，发出这样的火光。

八

关于复照，再记一个佛教故事的例子：

一对夫妻的孩子奄奄一息，他们非常爱这孩子，于是去求佛祖。佛祖说："如果你们能找到一件东西，我就可以救活他。"夫妻问："是什么？"佛祖说："找到没有家人去世过的家庭，问他们要一根头发。"夫妻俩走遍各地，始终找不到。

历史、文学、戏曲唱词，"故"事，就是给你看这根头发丝，给你看找不到这根头发。

然而，从恳切去找，到茫然去找，再回到不找之找的恳切上来。此时心境慢慢扩大慈光，生命连接人间的悲悯河流。无论有没有这根头发，你的心被这样一丝明澈感受托一下，就是最好的安顿了。

九

即便身处人世茫茫，亦观得此空山——空山不见人。
即便身处人世茫茫，亦多一层听觉——但闻人语响。
即便身处人世茫茫，亦多一层眼界——返影入深林。
即便身处人世茫茫，亦多一层领略——复照青苔上。

十

做梦、听戏、冥想，读文学、读历史，画画、做手工，是对自家的淘洗、整理、完整与复照。

甚至洗碗、大扫除、停车入库、间隔年、从容安歌的旅行、周末集市、契阔谈宴、驱车野钓，也是淘洗、整理、完整与复照。

古希腊的亚里士多德有"katharsis"一说，翻译成"净化，净罪，宣泄，陶冶"，或曰无以准确翻译，音译"卡塔西斯"，形容观看古希腊悲剧形成哀怜和恐惧给人的情绪疏导。从《鹿柴》观之，翻译成"淘洗"也是好的。

想想夕阳返照青苔、月光照历历大川，是让人感动和安宁的景象：复照之光，将世间的愁苦激越——命名，将人世不见的面影复照青苔，——历数。

仅仅命名，便使世间万类回归梦境，日间的喧哗躁动安顿为清澈的情理之流。

自然，人世，多少秘境，多少奇妙。真的，人类不只消费主义那一点浅薄的享受可追寻。与大自然做朋友，与艺术做朋友，将此生的行止复照青苔上。

// 木兰柴

秋山敛馀照，飞鸟逐前侣。

彩翠时分明，夕岚无处所。

此诗写黄昏中的万物。"敛""逐""时""无",也形容了笼罩万物的黄昏。

对比前几首,《木兰柴》更写古今失时,上下失位,远近失方,明暗失光,内外失见。此时,弃捐,自在,无所用心,而又适情。

当失去所有,人世心换成自然心,诗人终与辋川素面相见。

《木兰柴》形如"香烟烙点"(旧电影的一个概念,指一卷拷贝即将放完时,画面边角会出现一个白色烙点,提醒放映员更换拷贝),连绵不绝的诗情在这个点上得到喘息。而将《辋川集》组诗视为一套游览与休止的整体创作,其间的山川款曲情致,更浮现出唐大曲的风展。以其节奏,试将《辋川集》做如下划分:

《辋川集》序——唐大曲的"散序"。

孟城坳、华子冈、文杏馆、斤竹岭、鹿柴、木兰柴——唐大曲"中序"六首,写山色。

茱萸沜、宫槐陌、临湖亭、南垞——唐大曲"破"第一部分,"虚催"四首(击鼓而不催节奏)。

欹湖、柳浪、栾家濑、金屑泉——唐大曲"破"的第二部分,"实催"四首（有两杖急速连击或用拨连续弹挑。唐南卓《羯鼓录》："但曲急破，作戟杖连碎之。"）。

白石滩、北垞、竹里馆、辛夷坞——唐大曲"破"的"歇拍"四首（乐曲结束前突然转慢）。

漆园、椒园——唐大曲"破"的最后一部分，"煞衮"二首。

如此，《辋川集》不再是一首首碎散诗篇，更呈现唐大曲的风展。这风展的神奇由谁见证？正有唱和者裴迪在一旁且和且证。这样看，王维与好友裴迪的山水唱和，也变得有意思起来。

出发时他们还是徒步旅伴，到达一处，便各写一首小诗；起初，王维一派静谧，走着走着，一个还是寂静的小我，认真描写眼前景色，另一个已暗暗埋伏调遣唐大曲的响动；一个还在朴素地描画眼前景色，一个已掷出"空山不见人"的绝响；一个流连于"落日下崦嵫，清波殊淼漫"，回头再看同伴，已是"隔浦望人家，遥遥不相识"。

一个散、乱、断地写着眼前景，一个则散、乱、断、暗、焕，于行走间连接起辋川的水文山脉，唐大曲的鼙鼓曲脉，唐诗的文脉，唐朝的风脉。那个人行走间施展维度，渐次变身为河东蒲州子弟，祁县绮窗赤子，天宝年间肥马任侠者，河西落日节度，白云九重结界少主，鹿柴之眼领受者，竹里馆月照歌啸生，服药喑哑者，无垢尘者，昆舍离城宣大乘法于舍利弗及文殊师利者，太子中允、尚书右丞，辋川别墅旧主人——内在的生命力，乘着唐大曲的繁密鼓点，呈现出无穷丰富的自然面相，瑰奇的诗情明明灭灭青林端。

王摩诘岂止寂静？静中发力，力道更在李杜之上，而不显无生无灭、湛然常存的真如面目——是谓"无生"。

袖中过手，凝结着平生所得领略，平平无奇和化骨绵掌之间，遂相隔千座辋川。

这平平的一手，纯粹深邃之至的一手，探入幽山掬取的一手，令对手当场呆住，合掌涕泣——或许是当时发生的事。

划分出唐大曲段落，再来看之后的诗。

// 茱萸沜、宫槐陌、临湖亭、南垞：

宴色的虚催 四首

茱萸沜、宫槐陌、临湖亭、南垞：由芙蓉杯，到迎山僧，当轩对尊酒，结尾相别，"遥遥不相识"。虚催四首，写"宴色"。

茱萸沜
结实红且绿，复如花更开。
山中傥留客，置此芙蓉杯。

芙蓉杯——自然的反向仿生，提供陌生化的视角，我们得以用新异眼光打量此杯——说说杯子。

打量这环状有底的围合物，融汇水和能量，补充水分和精神力，这些非必须的玄学物质。每个人的杯子都是各自小小的炼丹炉，小小的湖。

大城市清晨的街头，汹涌人群人手一个咖啡杯匆匆地走，好

84

像要借助咖啡的重量使得重心前倾，加速步伐。或者说，他心爱的湖泊河流拖曳着他去工作。一个人即使到了最现代的城市，仍然需要依赖（或更加需要依赖）他的村落，他的半亩方塘，他的夜雨秋池——杯子。

看一个地方的工作氛围好不好，可以观察早晨去上班的人手里有没有这样的杯子。这可以区分出一天的工作中有没有徜徉、幻想、闲在的时刻，否则，只是务工而已。

芙蓉杯，是一个杯子，但省略到底，是一朵花。

宫槐陌

仄径荫宫槐，幽阴多绿苔。

应门但迎扫，畏有山僧来。

这一首展开辋川的谦恭敬畏心。仄径上的宫槐因风摆动，不断躬身拂扫身下的绿苔，仿佛怕山僧来滑了脚面。

不倦地躬身洒扫，不倦地"时时勤拂拭"，才有了辋川的从容。

去一些小地方，只要是好看的地方，细细去找，总有一个心迹的内核，就如这宫槐，暖暖内含光。"辋"般回顾，反求诸己，人间有"畏"，方有"舒展"，有恭敬，方有"宴色"的舒展。

这宫槐的神情让我想起巴黎所见的一个小花园。花园本身实在平常，枝蔓缠绕小灌木，有些枝子断了，看来甚至杂芜。然而花园护栏上挂着一幅幅水彩画，对应写照着园内植物，并勾勒出植物隐隐约约的鼻子眼睛，配着法文对话，比如树木爸爸问孩子："你又闯祸啦？"树木孩子说："没有啊，爸爸，我只是脚被缠住啦……"小花园的杂乱在这般图文观照下变为一则则生趣盎然的童话。

图文出自一位画家和一位童话诗人，王维给宫槐的小画也有这样的可爱。

临湖亭

轻舸迎上客，悠悠湖上来。

当轩对尊酒，四面芙蓉开。

临湖亭上，宴色愈浓，于湖上继续说杯子。人在水前之思，比如西方脱口秀，老派的演员会拿一杯水上去，作为表演的支点，作为节奏的微妙把控——喝一口水，表示这个笑点值得一段从容喝水的时间来回味；或者，这一段结束了，翻篇了，另起一段。脱口秀的独幕剧，不借助灯光和音效，在饮水处分场，自成段落。

　　或者仅仅是口渴了，喝水。看脱口秀演员单纯喝水，也备觉有意思——并不是前仰后合的有意思，这里的意思简直触及了幽默的真髓。喝水，无意味地意味着，我的言说只付诸君一哂，诸君听过忘却便好，但是此间有真意，可以略加思索。这个意思在中国旧剧场中有更大的伸展。中国旧戏曲有"饮场"的习惯，唱的结尾或唱的间隙，会有人上来给演员喝一口水。这在西方戏剧界看来很奇怪。饮场的状态是隔断情感的，却不似布莱希特的"间离"；又是浸在情感之中的，但不似斯坦尼斯拉夫斯基的"体验"。剧场叙事是一种仪式感下的幻念，这幻念忌被打断。饮场却时时打断中国的旧剧场，以显出它的断而能连。貌似踢场的饮场，恰在为中国的旧剧场艺术背书：我在剧情的任何地方都可以喝水，因我角色有神。不怕剧场的喧哗、混乱，种种干扰，那举手投足，一歌一叹，那内藏着河流性的程式，那可以反复击节回味的唱段，依然可以字字入心。

程式，苦难的凝萃，是带领凡人去往彼岸世界，是忍辱波罗蜜。

在众人喃唏中，我轻轻的言语仍然可以映到你的心底，因我的话是要以口传心，我的话语是"水上行走的话语"。

有人饮场，戏为之活。

饮场并没有破坏戏剧的假定性；假定性中包含了饮场，因而更假，也因假而更真。饮场即宣示，演者已参透世界的变幻，演者忘我而入于神的这一副口舌身姿，暂游于此一小片水。一小杯水，即是一口假拟之井，井连暗水，暗水连江河，江河连海，连广漠世界。

轻描淡写的饮场，即戏场上的连江连海，四面芙蓉开。

我欣赏这种艺术：能够与水杯兼美的艺术。

一出戏能不能饮场，是判断此戏有无旧有之神的一个方法。考察当代的中国剧场，在"精彩"演出空隙处的饮场，或者还有？

南垞

轻舟南垞去，北垞森难即。

隔浦望人家，遥遥不相识。

四首宴色，偏以《南垞》的冷淡收束。南北相去未即，人家遥遥不识。此时客人不见，主人自失，不畏僧来，不知樵往，不恋不住，不悲不喜，无情相对，是人散后一钩新月天如水，是人未散一钩新月水如天。

更使人想起川端康成的待客之道：与客对面枯坐，兀自出神。客人自觉尴尬要离开，川端康成倒觉奇怪，忙说："请再坐一坐吧。"于是，继续相对枯坐。

这是《南垞》的行为艺术，是安坐间李白《月下独酌》中的"无情游"？

《南垞》中，诗人不急于过岸，而是安于非此非彼的遥遥不识。曾谓张良为"随身带桥的人"，此处王摩诘是"随身带着彼岸的人"。在这里，在"不太急"中，人与水达成"和解"。

人与水最为相冲的例子，如李白诗，"抽刀断水水更流"，平平之水起愤怒奇想；如"君不见黄河之水天上来，奔流到海不复回"，水之盛大不待目视已大晕眩。

更有《行路难》，通篇写水："金樽清酒斗十千，玉盘珍馐直万钱。停杯投箸不能食，拔剑四顾心茫然。欲渡黄河冰塞川，将登太行雪满山。闲来垂钓碧溪上，忽复乘舟梦日边。行路难，行路难，多歧路，今安在？长风破浪会有时，直挂云帆济沧海。"

水化清酒，化冰塞川，化雪满山，化垂钓碧溪又忽复引人乘舟去日边，直待长风破浪，到更为淼茫无解的沧海。

另有隐性的人与水的不和解，如王维《积雨辋川庄作》中的"漠漠水田飞白鹭"，暗写农人劳作一望无边；或以愁怨不和解，如"问君能有几多愁？恰似一江春水向东流"。

人与水和解，只于三种人是容易的，即行走江湖时不可轻忽的三种——老人、女人与小孩。

王维在此，似老人，似小孩。这里举小孩与水相处一例，讲讲娃的南垞——喝水。

娃长到四五岁时，每每道完晚安睡下后，总要起床趿拖鞋施施然到客厅喝一杯水。

其间极尽拖延之能事，找杯子，走过去，灌上水，走过来，搁桌上，塌下身，笃定喝；一喝之间，又拆出七十二般变化，变作小猫啜，小鸟嘬，小象虹吸，西施捧心，终至壮士一饮，才见了杯底，却又能空穴来风、杯底生花，越喝越多。

那杯子好似《创世记》的洪水之源，好似上世纪犹然突突可喜的趵突泉，好似铁拐李不见底葫芦，真个掬之不尽，用之不竭。本当责怪，又升起无限父爱。

人类在咖啡馆不也这么干吗？谁会把面前一杯一口闷完？把水喝成蜿蜒不尽的神思，也算得生而为人的福分了。

我的娃，愿你守住这份禀异天赋，来日填学生特长，你或可写上：喝水。

// 欹湖、柳浪、栾家濑、金屑泉：
云色的实催 四首

欹湖

吹箫凌极浦，日暮送夫君。

湖上一回首，山青卷白云。

柳浪

分行接绮树，倒影入清漪。

不学御沟上，春风伤别离。

栾家濑

飒飒秋雨中，浅浅石溜泻。

跳波自相溅，白鹭惊复下。

金屑泉

日饮金屑泉，少当千馀岁。

翠凤翊文螭，羽节朝玉帝。

"宴色"饮罢，进入云色——这四首依次写照云眉、云影、云声、云动，尤其《栾家濑》云之声，是脍炙人口的精彩篇章。对于具体的诗句，前人之述备矣，读者自可直观领略其动人之处；惟费孝通先生《乡土中国》有段论述，可以拿来对看云色："Oswald Spengler 在《西方陆沉论》里曾说西洋曾有两种文化模式，一种他称作亚普罗式的（Apllonian），一种他称作浮士德式的（Faustian）。亚普罗式的文化认定宇宙的安排有一个完善的秩序，这个秩序超于人力的创造，人不过是去接受它，安于其位，维持它；但是人连维持它的力量都没有，天堂遗失了，黄金时代过去了。这是西方古典的精神。现代的文化却是浮士德式的。他们把冲突看成存在的基础，生命是阻碍的克服；没有了阻碍，生命也就失去了意义。他们把前途看成无尽的创造过程，不断的变。"

唯有自然，既作亚普罗，又作浮士德，固守，勃发，因循，创造，一回首，伤别离，惊复下，朝玉帝："人世几曾有云的姿形？"

此间姿形甚美。但以现今惯常眼光来看，云在拖延。可以说，云是雨的拖延症患者。

由云来说"拖延症"：事情未完成，就是未完成，催促不可使之完成。可催促完成的，只是表象的完成，而需要完成的，终仓皇而未完成。表面完成与实际未完成的看不见的鸿沟，即生活中的克服，秩序的忍受，无尽的噪音，触目的丑陋几何，"时间管理"，"效益"，那些与生命无关而进入日常的，终将反噬人类。

拖延非症，是酝酿，是聚变，是内在生长。草木可以加油去参天，为何四季消长？鸟兽可以膨胀为恐龙，为何越冬蛰藏？寒雨可直落为瀑布，因何徜徉为雪？独独人类无解，加班加点甚忙。不拖延者，不解世之风情。拖延不是病症，是事情的呼吸，是意图着成为云色的我们。

不然何意苦逡巡？会有桃源胜世尘。

竟日青红编作羽，我们何日变成云。

云，天与地之间的一切。看云所带来的，持去的，回首的，提振的，"我理解的人生就是悲伤和美丽之间的一切"。

从描写自身渐次失去的"中序"，到描写人世与我的温情关系渐次失去的宴色"虚催"，更到这里描写人间与天上两厢顿挫拆离的云色"实催"。之后进入唐大曲"破"的"歇拍"（乐曲结束前突然转慢）——白石滩、北垞、竹里馆、辛夷坞——则又是一番更为疏离和神妙的相遇。

// 白石滩、北垞、竹里馆、辛夷坞：
月色的歇拍 四首

白石滩

清浅白石滩，绿蒲向堪把。
家住水东西，浣纱明月下。

北坨

北坨湖水北，杂树映朱阑。

逶迤南川水，明灭青林端。

竹里馆

独坐幽篁里，弹琴复长啸。

深林人不知，明月来相照。

辛夷坞

木末芙蓉花，山中发红萼。

涧户寂无人，纷纷开且落。

四篇月色。

《白石滩》写月颇妙：前二句"清""浅""白""绿"，写"明月"照映之下的颜色，却不言明月；后二句"家住水东西，浣纱明月下"，写浣纱的女子，却不言女子，更不言此间东西汇同的喧哗，以及明月照喧哗的那一种静意。

由《白石滩》的"清""浅""白""绿""喧""静"，不露声色间，月色渲染已极；《北垞》与《辛夷坞》又极写"青""红"二色，"青"且热涌，"红"且冷寂。未见过这样热闹的青色，也未见过这样冷的红萼。

四篇月色的最高潮部分在第三首《竹里馆》，这是月色的极致处，唐大曲的极致处，更是整个《辋川集》的极致处。它却偏偏状月色为无色，却偏偏是《辋川集》最静的所在。这是越过纷繁色彩万水千山所能抵达的无色，是辋川的心。四篇之中，细看《竹里馆》——

独坐幽篁里，弹琴复长啸。

深林人不知，明月来相照。

独坐幽深竹林里。竹林不用很大，就会有"幽深"感。几层竹枝，已经可以隔开人的视线；走得更深些，会飘然有如世外一般。更深些，就彻底"人不知"了。

在这样的隔绝里，弹琴，长啸，可以无忌。

人与树，关系奇妙。苔藓者自然之耳语，树木者自然之谈宴。远观与走近树林，感受不同。在大松树下站，可以感受到树木的姿态，对树下人是一种思无邪的纯净无私的拥抱。

这是远观树木无法体验的一种感受，但走到树下即可获知，这种被拥抱、被覆裹的感觉，令人心神安定，如同身体连接到枝叶的呼吸。仅仅简简单单走到树下，树木缓缓生长的那些长久的时间，便在额头上蔓延，简直可以作为被动冥想的方便法门。这是树木以至自然与人的特殊关系。

而此时，独坐幽篁里。

竹林与人，又与别的树种不同，和别的阔叶林、针叶林都不同。竹，一种很中国化的树木——

竹林更容易隔绝人的平行视线，却留出层竹掩映的天色。

你以为"人不知"的林中，视线是阻隔开的；向上望去，却看见明月清清朗朗、几乎无阻隔地来相照。

"来"与"相"，两个虚字，却备极曼妙。明月来照，明月相照，都欠意思。来相照，你的故人轻轻来，相看你的心底。

无论是隔绝人世"人不知"，还是通透月明"来相照"，竹林都显现出"幽深"的心。

此诗另有一层幽深，没有明写——

可以想见，诗人在幽篁里恣情弹啸，无人相看，遂益发舒展长啸。这时，抬起头，望到明月。

也许，由是他更加舒展地弹啸起来；或者，他突然就这样不弹了。是哪一种？我觉得，没有写出来的是，他不再弹了。

为什么？

《论语·先进》废琴事："子路、曾皙、冉有、公西华侍坐。子曰：'以吾一日长乎尔，毋吾以也。居则曰：不吾知也！如或知尔，则何以哉？'子路率尔而对曰：'千乘之国，摄乎大国之间，加之以师旅，因之以饥馑；由也为之，比及三年，可使有勇，且知方也。'夫子哂之：'求！尔何如？'对曰：'方六七十，如五六十，求也为之，比及三年，可使足民。如其礼乐，以俟君子。''赤！尔何如？'对曰：'非曰能之，愿学焉。宗庙之事，如会同，端章甫，愿为小相焉。''点！尔何如？'鼓瑟希，铿尔，舍瑟而作。对曰：'异乎三子者之撰。'子曰：'何伤乎？亦各言其志也。'曰：'莫春者，春服既成。冠者五六人，童子六七人，浴乎沂，风乎舞雩，咏而归。'夫子喟然叹曰：'吾与点也。'"

子路、曾皙、冉有、公西华侍坐，对"独坐幽篁里"。

子路、冉有、公西华三人的回答，对"弹琴复长啸"。

"居则曰不吾知也"，对"人不知"。

而"鼓瑟希，铿尔，舍瑟而作"，最是闲笔传神，对应王摩诘文字"弹琴复长啸"与"明月来相照"之间的空间意会，"鼓瑟希，铿尔，舍瑟而作"，是王摩诘没有写而情感间存在的内容。王摩诘抬头看到月色被正面击中，如传奇电影中神枪手一枪擦到对方手腕打落对方手枪而不伤其手，如铜人承露盘压损铜手腕，如屈原看见霰雪纷其无垠兮忽然不再歌唱。

之后，夫子喟然叹曰："吾与点也。"——孔子是明月，相照弟子间。

于《鹿柴》中，这是暗用的典：月光下的曾子，春服既成，冠者五六人，童子六七人，浴乎沂，风乎舞雩，咏而归，遁入辋川。

所以，明月来相照的时候，料想弹琴之手，铿尔舍琴，非但如此，这时候，长啸消歇了，人不知，我也不知，独坐的自己消失。竹林空，竹也空，前三句都消失，天地间只有月光照彻我心。他变成了希腊语的"人类"，本义为"向上看的物种"。王摩诘作此诗时三十二岁，过往的失意得意只是波澜小试，一生即将涌至的幽情、奇遇、重逢、喑哑、梦游、星精、豪侠、弹剑、贤节、歌啸，都在月光里化作清白的况味。

我想象着周游六国一样周游各洲，食不厌精一样咀嚼苦难，乘桴于海一样漂泊万里。

最后，鼓瑟希，铿尔，舍瑟而作，我当如子见南子一样见到自己的心地。

// 漆园、椒园：

煞衾二首

漆园

古人非傲吏，自阙经世务。

偶寄一微官，婆娑数株树。

椒园

桂尊迎帝子，杜若赠佳人。

椒浆奠瑶席，欲下云中君。

二首煞衾终曲，单看不觉有什么，然而两相对看，《椒园》是极对称工整的，"桂尊"和"帝子"，"杜若"和"佳人"，"椒浆"和"瑶席"，甚至"云"和"君"，属对称平衡，自然向人文一番平稳周正的送赠；而《漆园》属"非对称平衡"，三句"人世不称意"，平衡于一句"婆娑树"。人的有心而有限，相对着自然的无意而无穷。那么"树"是什么，何以独面人世，在非对称中取得了平衡？

漆园，庄周为吏的地方。诗写微官小吏，辞官并非孤傲，只是自觉缺少经世济时的本领。如葡萄牙诗人费尔南多·佩索阿，白天是默默无闻的小职员，夜晚分身作几十个化名的诗人，亲爱自然的心意寄在婆娑数株树上。

梳理这首诗的时候，特别留意路边的树。于是，数株数株，逐一从平平无奇的风景中浮现。朴素的树，每一株却具不同的神采。不同季节，变换不同风姿，平平无奇又复小小奇迹。和两三株树做朋友，确是人生随处可得的一个透气口。不善于处事的"经世务"者，勉强立身的"微官"，没有穷到独善其身，也没有达到兼济天下的境地，便寄寓诗兴于"数株树"，是中国文人历来的一种透气思路——让世上难行的迂回之径，内化为心象的园林。

因此，说说"园林"这个特别的文明现象，说说"微官与园林"。园林是人世的美丽伤疤，是人世与自然边界摩擦的火花的结晶体。园林是一种新异的"数株树"，是"数株树"的扩写，是逃避的艺术。

年少时，许多星辰梦想；长大成人，星辰也渐渐陨落。砸在苏州城，形成陨石坑，世人称为"苏州园林"。

天造苏州，人造园林。旧苏州城，但有人家处，便有园林。一院，一池，一墙，苏州百姓，俱要造园林。人们可望不可即的星辰梦想，需要一个陨石坑来寄寓。园林，星辰在地上的投影。

你的园林可以有别的形状。

可以是你的小书房，你的书园林。

或者是你手边的一册书。

被你调理得活色生香的厨房。

你的游山（碗作山）玩水（洗碗水）一般的洗碗池（如果招待的客人足够多，洗碗池足够成为一个原生的有趣村落）。

你的保温杯。

你的钓鱼竿。

你的豪车或自行车。

你穿旧的鞋。

你最顺手的铅笔。

你爱听的评书。

你手冲咖啡的热气。

你看鸥鸟的那块沙地。

你爱去的亭子地，那里有每周二、四、六风雨无阻的曲会。

你从一条河里捡来石头做成的假山盆景。

你放在皮夹里的一张照片。

你学到的一门几乎无用的手艺。

指上烟、杯中酒、眼前人。

你的婆娑数株树。

也许王维并没有到过辋川，"辋川"是他在大槐树国的一场梦。鹿柴、竹里馆、北垞、南垞，是他从数株树上看到的山水气象。回旋如轮辋，这形容似一个梦，似梵高的星旋，似蒙克的嚎叫。其间纷披的意象，可以在一棵树的斑驳气象中观察得到。

而辋川折叠，辋川扩大，又从山水、人世的驳杂气象中看到数株树，蒸腾的气象纳入胸怀，平易而烟水浩瀚。请见王维的《汉江临眺》：

楚塞三湘接，荆门九派通。

江流天地外，山色有无中。

郡邑浮前浦，波澜动远空。

襄阳好风日，留醉与山翁。

　　如果你的心意里印有数株树的气象，如果你在一粒尘埃里作辋川想，那么任意地点都可以拥有和领略辋川。微官与园林，凡人与辋川，当你与自然、艺术、人文站在一起的时候，便与数株树站在一起。

　　"婆娑数株树"，遥遥呼应着开篇的"古木馀衰柳"。此时，不再"空悲昔人有"：昔人所有，我亦怀有。

　　由此，统览《辋川集》，从"散序"历数出发，"中序"的"山色"中渐次失去了"我"，"虚催"的"宴色"渐次失去人世关联，"实催"的"云色"，人间与天上顿挫拆离，更到"歇拍"的"月色"，一片天人交感，最终结尾煞衮，人间天上，开两株婆娑花树：你爱这人世么？静穆，和谐，大圆满；你爱这人世么？冲突，矛盾，不周全。婆娑树象如下：

　　唐大曲散序 / 序 / 辋川头发

　　唐大曲中序 / 孟城坳、华子冈、文杏馆、斤竹岭、鹿柴、木兰柴 / 辋川眼睛

　　唐大曲破之虚催四首 / 茱萸沜、宫槐陌、临湖亭、南垞 / 辋川的杯子

　　唐大曲破之实催四首 / 欹湖、柳浪、栾家濑、金屑泉 / 辋川的云梦

　　唐大曲破之歇拍四首 / 白石滩、北垞、竹里馆、辛夷坞 / 辋川的心

　　唐大曲煞衮二首 / 漆园、椒园 / 辋川颊上添毫

　　从婆娑树象转过身去，回看这世界，辋川轮辋回旋无尽，向人间无止息地追问：世间现有的文明形态，是好的选择吗？

　　历史上一些看似无用物的无尽藏，在"文明"面前显而易见

地落伍，背时，失去价值，不容保留，被所谓的进步和发展匆忙地裹挟取代，仅仅为了方便快捷。

回头来看，高楼、广厦、马路、工厂、学校、企业，用自然的眼光看，它们是什么？用自然的眼光看，什么本该是它们？风格、姿形、容与、激荡，人间的美与自然的美相映而相生，动物与植物时时处处在寻找与人合作的方式，有如一只只伸出来等待握上的幽微的小手。有千万亿种人和自然相处的美妙方式尚待发现，猫和狗只是其中两种。而我们的世界已深受资本、权贵、思维惯性、路径依赖的制约。城市现有的形态，也许只是一种苟且与伤痕。人类在忙些什么？这水泥森林，这拥堵高架，这热岛，这文明病，就是所谓的进步吗？人类通过忙碌的文明获得文明病，并通过疗治文明病的徒劳，终于精疲力竭地消停下来，这就是文明的安顿——困顿？

人类的忧愁，高如巴别塔，长如忘川，需要一条商山路径，回到本心。王维在辋川走，映射仿生，映射人间的种种应为、可为，却难为，勾勒一条可期的自在之川。千年后，辋川的水文风貌已经改变，诗集中的辋川却折叠、萃取，得以保留，修复人间如慈母怀抱。现代人尽可以熟搬软套，将辋川叠影在你的屋宇，你的城市，你的家园。愿此川流世上来。

偶见川流市上来——某日下午坐在一个咖啡馆写东西，孩子在大开本上乱涂，不时有客人来，满手东西不便开门，她就去帮忙开门。各式座椅定义了各式坐姿，也天然定义出闹区静区、工作类型。宽宽大大的吧台如凝结的川水，也分成四流域：落花处（宣传册展示），争渡处（买单、接单的地方），桥梁营造（做咖啡的地方），以及吧台尽头的水滴咖啡台，几个青年兴致勃勃尝试各种新磨咖啡的香，简直是一座理想城市模型。

山河大地，美好愿望，何以解忧？唯有蜃楼。

顺着思绪的河流而下，此馆舍也渐渐扩写，孟城坳、华子冈、文杏馆……鹿柴、木兰柴、茱萸沜……南垞、欹湖、竹里馆……参差境地，各美其美。

西谚云："一群人突然停止说话，此刻是天使飞过。"那么，人间也当有这样的时候，辋川水轻轻流过。

三
编

白发三千丈，缘愁似个长。

不知明镜里，何处得秋霜。

语境是醉中，破空一句醉话，即兴奇崛而起。

全诗通常的解释是这样的：白发三千丈，因为我的愁绪，就是这么一个长度。不知道明镜里的我，如何得来这片秋霜？

这样寻常的解释，不是很奇怪吗？前两句已经交代，头发如此白而且长，是因为愁，后边"何处得秋霜"为什么还会"不知"？愁处得秋霜，因果清晰，有什么"不知"的？解不通。

这样的解释是有问题的。

清人黄叔灿在《唐诗笺注》中从道教的角度来谈，说这是"逆则成丹"，为这样的错序找原因。

我想说，李白并没有错序。前边的解释中，有一个词拿掉了，意思没有变化。那么，再把它放回去，好好看看。可能的话，代用李白的醉中视角去看，从而发现蕴藉其中的诗境。

这个词是"明镜里"。

马勒《大地之歌》第三乐章《青春》，歌词是李白诗，按照德文回译，应该是他的《宴陶家亭子》。李白原诗：

> 曲巷幽人宅，高门大士家。
>
> 池开照胆镜，林吐破颜花。
>
> 绿水藏春日，青轩秘晚霞。
>
> 若闻弦管妙，金谷不能夸。

不知是有心还是无意，翻译作了发挥，衍生描写了"景物奇趣的镜像"，更近李白的趣味。

翻译如下：

白瓷青亭伫立

在秀色池塘中央。

玉带拱桥如虎背，

伸展至白瓷青亭旁。

亭中良友相聚，锦服华装，

肆酒高谈，笔墨激扬。

君子们缎袖高挽，

丝冠轻盈滑落颈上。

池面宁静，倒映出

景物奇趣的镜像——

白瓷青亭以尖顶

伫立于秀色池塘。

颠倒的拱桥如一弯明月。

良友们肆酒高谈，锦服华装。

正如这首回译诗所描绘，李白非常喜欢镜像的世界。在道教中（李白是道教中人），镜子能够照出魑魅魍魉原形，使其急速远离红尘。杨贵妃有铜镜"对面笑"；更早的时候，据说秦镜可以照人肺腑。铜镜的材料贵重，但制作铜镜时，唐人较前人更加不惜料。它不是现在日常所用的镜子，而是一件有分量的法器；在李白看来，明镜里的世界，更是精神所寄托的诗意世界，是思君不见下渝州的天涯境界，江城五月落梅花的笛仙境界，青冥浩荡不见底的仙人世界，古来圣贤皆死尽的饮者世界，是世人闻此皆掉头有如东风射马耳、不足为外人道的隐秘世界。

可以想见，在这样的世界中，白鹿青崖，白衣飘飘，去访名山，李白永远是那个仗剑风流的游侠少年。

他永远在风吹柳花满店香的金陵酒肆前，青春荡漾，永远在相送相别的宴上，永远欲行不行，临别畅谈畅饮。并没有人真的会远行，远行只是欢宴的借口。

在明镜中，万事理想，时间静止，解散百愁，不染秋霜。

一般人看到镜中白发也会哀愁，但李白的哀愁与此全然不同：

他酒醉时，看见白发三千丈，好像一个怪仙人掌耸立俗尘（这形象和预期会在镜中瞥见的形象形成鲜明对照）。他只是哈哈大笑，不妨事，不妨事，且看我明镜中——他预期看到明镜中的自己是少年模样。明镜里，何处得那些世间的秋霜？不可理解！秋霜落不到不染尘的明镜里。

"缘愁"意态从容，写出了对"白发三千丈"的尚不惊奇；与之对照，"不知"和"何处"写出了醉中窥镜的迷醉、颠倒与悚惕。醉中揽镜，令他惊讶，现实世界的三千丈就罢了，连明镜里的少年也被秋霜侵了白发？！这是他最不可接受的。通俗地讲，堪比一个玩家看到虚拟游戏世界里自己的角色，头发也变白了。

所以，这首诗的正解是：白发已三千丈，因为我的愁啊，就是这样长；但我不知道，那日夜所游的明镜里，那个少年人，何处竟也得来了这秋霜？

这番滋味里，透着李白诗歌的主调——狂喜与悲凉。怪异的是，白发三千丈，反由悲凉而生狂喜；而窥向镜中，理应狂喜处反生大悲凉。颓唐偬傥、颠倒淋漓，这就是痛快的李白。

由明镜之思推想《赠汪伦》，也得见更深的情谊：

李白乘舟将欲行，忽闻岸上踏歌声。

桃花潭水深千尺，不及汪伦送我情。

他将类于明镜的桃花潭水（"深千尺"或不是夸张的写法，而是道教认为的镜中世界的深远度）比拟汪伦送行的情谊。这时，用自己最珍贵的镜中世界作比，其分量比通常意义上更为深厚。

还有杜甫为李白寄过很多诗，他却没有回赠的公案。也许因为他不觉得回不回赠是个问题，那是镜外世界的小事情。镜中才好有渭北春天树，江东日暮云，来来来，杜子美，到我明镜里，我与你唱和千首万首。也许李白已在镜中唱和千首，也许他将更多的诗放在镜中，只是没有拿出来罢了——正如他并没有把这首诗的"但是"写出来，自己独得就可以了。

用二十字极写"醉中窥镜"，世间恐怕没有更得醉中三昧的诗境了。解出明镜里面的诗境，才确知千载上下，诗人李白，多么寂寞。他躲在一个迷人诗境之后，评论者或忙于考订训诂，或忙于熬炖抒情的鸡汤，千年来并没有等量的诗心，出离红尘，直入白心，做同等视角、同等幻想的接入，领略其巧铸神思之迹。何其沉痛、纯粹、灿烂的一首诗，何其沉痛、纯粹、灿烂的一个人！诗解至此，指尖触到他千载寂寞的肩头，感到他遗世独立的肩上之风。所以，如果这番解析并不被人获知，也是很好。

　　传说李白江边捉月而死。虽是传说，却正合"明镜里"之意。他是真真切切觉得，那是水镜里的明月。他伸着此世中枯槁的手去捉总也捉不到的月亮，这手写过沉香亭下的牡丹，拔过斩断流水的宝剑，送别过汪伦，持过剑，也持过镜。他在平静的江水中一寸一寸遁下去，好似遁入青冥色的镜，去他的理想世界，那永无秋霜染白头的浪漫世界。一个老少年沉溺于三千弱水，唱着失传于俗世的《捉月歌》。这首歌太过惊艳，写在水上，渐渐作喊。"寰区大定，海县清一"，为何要在这苍凉浮沉的舟中独醉？三千丈白发人何必长对着少年铜镜郁郁而终？余亦能高咏，斯人不可闻。去吧，去水中月下，仍做那不染秋霜的少年。

取月第九 | 李白 静夜思

床前明月光，疑是地上霜。

举头望明月，低头思故乡。

// 一

李白有"铁杵磨成针"的典故，但是略观其诗，只觉一片流美，铁杵功夫，下在何处？即如此诗，儿歌一样，哪个字是炼出来的？"铁杵功夫"用来形容杜甫似乎更恰切。但是，这首诗还真的有炼字，且不是杜甫一般"拈断数茎须"的炼字。

这个字，是"疑"。

"疑"，看似平平，换成"好似地上霜"，同样说得过去；换成"寒似地上霜"，似乎也不错？然而，"疑"字的好，要好得多得多，且单从字面上，竟是看不出来的，直到一次，夜半醒来，起坐，去客厅喝水，看到阳台上倾过来的月亮光，这时才突然明白。真的是看到才会知道啊！深夜的月光很明亮，这个不难理解；但无论多深的夜晚，在入睡之前，眼睛适应亮光，不会生"疑"；唯有夜半醒来，还不能适应光亮，却乍遇床前盈满满冷灼灼的大月光，真实得令人讶异不已，讶异到必须找一种别物来疑它、似它。

那么，为什么会在夜半忽醒？是的，有限的字句中已提供了答案，见诗的最后三个字。

所以，"寒似地上霜"已经不错了，然而诗人是要用"疑"字写这夜半忽醒，进而写这"思故乡"的深味。他不希求所有读者知道，他相信，有人会看到，想到。

李白在那里等你。

这就是"疑"字的凝练，其意思不是读过便立时浮现的。当你想故乡了，诗在那里等你；当你想故乡而夜半醒来见到那样的月光了，诗在更微妙的地方等你。

再想一想，这种诗情凝练、默默等待被理解的境况，竟正如月亮在明亮地等睡着的人醒来。月亮就是这般奇妙，它给的不是日光，是日光的复照。在那么深的夜里居然如白昼般明亮，又是一种温柔的明亮——不刺眼，温柔，有奇力，如在心怀深处冷寂的故乡，默默等着给最需要慰藉的心灵以最深切的一片天光。

如此，一个"疑"字写月光乍入睡眼的明光，写夜半醒来，写醒来的原因——思乡。一个看似不相干的字里写困顿，写讶异，写对月光深情的领受，种种情感，都在一字中了。这一字写夜半时辰，写睡眠质量，写人生处境；唐的晴空朗照，浩荡风神，也全在此一字中了。

这与《秋浦歌》以"不知"写醉态有相似处，这就是李白的铁杵功夫。杜甫炼字，如农人耕地，下力气，用绵密心思，要一字如种籽，向周边发生根茎；李白炼字好比道家炼丹，配置材料、环境、契机，使得一闲字在空无间妙契万有，让闲字成为天险。

这是李白的独到。在炼字一项上，杜甫是农学的，李白是化学的。杜甫是植物学，李白是炼丹术。

一字看过，再观全诗。

考察诗人眼界，由寻常的明月光起始，"月光"增寒、加厚，质地向"霜"疑变，由"床前"推及宽广的地壤所承接的物候；继续暗暗加码，举头，望见比地壤更宽广的天壤；继续暗暗加码，低头，思虑比天壤更广大的遥远的时，遥远的空。

故乡与明月，二者皆似疏而亲，似寒而温，似远而近，同样包含万象而归于皎洁纯一。如霜之冷，如月之明，仰头大笑的游子低头可思的，便是故乡。游历万千世相后瞥见的单纯明月，那光明所照，即是故乡。

故乡与明月，在这里对位、叠合。第一次，故乡将明月全食。

三

这首诗中有四种诗的看取：

"床前明月光"，近观

"疑是地上霜"，远观

"举头望明月"，复观

"低头思故乡"，内观

一首诗有一种诗的看取，就会变得丰富，何况四种观看铺在一首五绝小诗中，层层而下：远观、复观、内观，很难说越看越远，还是越看越近。

然而，此中诗意却极简单皎洁，"素以为绚兮"，像是素白的儿歌。

唐诗的味道，在二十字间安静地风神浩展。

李白把这浩展的盛唐气象，儿歌一般拿给你看。小儿看得懂，成人看得熟，再看进去，由熟返生，却是生"疑"。

愿你也领得这份可堪生"疑"的明亮。

御风第十｜李白 峨眉山月歌
　　又及"天生吾徒有俊才"

峨眉山月半轮秋，影入平羌江水流。

夜发清溪向三峡，思君不见下渝州。

　　峨眉山前，半轮秋月，倒映的月影，随平羌江上我的船一路流。

　　我与你是一样的，夜间从清溪直向三峡；我与你不相见（《唐诗解》：清溪、三峡之见，天狭如线，即半轮亦不复可睹矣），各赴前程下往渝州。

　　少年李白，初离蜀地，仗剑去国，辞亲远游。

　　此诗流丽清秀，连用五个地名，不着痕迹，半月在天，半月在水，天上水上，各开一卷千里蜀江行旅图。

有明月相伴遨游，甚觉自在。形容这心情，有一个市井人口中的无意的词，叫做"来旅游的小孩"。

"来旅游的小孩"，一个极普通而易被忽略的形象。然而，这就是少年李白。

这形象可以是儒家的——赤子之心的周游列国，可以是道家的——逍遥游的游，也可以是佛家的——八万四千恒河沙中安住的平常心。

从前见穿小孩校服的老人，拿着某酒业集团无纺布包的老人，看起来有点可怜，现在却觉得有点仙，是无相的李白：把自己放低，成为无相者，成为世间悠游者。现代社会，只要胸前挂起相机，别人一瞥，就知道我是观光客了，就不再加诸目力，由此获得隐身的自在，像是个自动感应门也不会识别的小孩——挎着无纺布包，穿着孩子的校服，提着十元店、两元店的小商品，做一个来旅游的小孩。而我与峨眉山月气息相通，同去观世界的光，用相机摄录此时此境独一无二的宇宙切片。我自深邃，而表面看来，是来旅游的小孩。

来旅游的小孩，目接万有而不滞于物象，就像李白伴着峨眉山月，若即若离地远游。

还有一个特别好的俗词语，也许是仿古建筑使用最多的名称——"游客中心"。若将峨眉秋月的视象灌注，"游客中心"同样耐玩。在晋祠博物馆看到游客中心，建筑本身周正好看，不张扬浮夸，兼志愿者服务的功能，提供茶水、充电、医药、邮政等服务，也售卖邮票、画册、纪念品等。休息室的墙上挂着启功先生的字："吾尝终日不食终夜不寝以思无益不如学也。"窗户也老派，木格子，外有一层木头的合页栅板。在游客中心，感觉安适，它朴素地邀请游人驻足歇脚，回味方才的游历。感到朱光潜先生所说，在欣赏时，人和神仙一样自由，一样有福。

一个小园的入口悬着一块"游园须知"，也是很有意思。花影映在白油漆为底的毛笔须知上，赏心悦目。回想起"原来姹紫嫣红开遍"的游园折子，更觉滋味悠长。你在小园中自可游目骋怀保持无知，你的银白胡须替你知道。此是旅游小孩之想。

看游园须知，很有意思；看假山，树木，很有意思；看池塘，池塘上的亭台已半毁弃；看众人合影，调整梦幻泡影的次序，更细思"观光客"，身为浮光的过客，去观赏浮光的过客，很有意思。

景区里，还有"景区内禁止抽烟""禁止追逐打闹""爱护花草""请勿乱涂乱画""请勿携带宠物入园"等词句，也浅显而深警。希望有人可以连用五个此类俗词句，不着痕迹，天上水上，开一卷千里旅游图。

至若春和景明，波澜不惊，上下天光，一碧万顷，沙鸥翔集，锦鳞游泳，岸芷汀兰，郁郁青青。而或长烟一空，皓月千里，浮光跃金，静影沉璧，渔歌互答，此乐何极！登斯楼也，则共赏峨眉山月半轮秋。

若夫淫雨霏霏，连月不开，阴风怒号，浊浪排空，日星隐曜，山岳潜形，商旅不行，樯倾楫摧，薄暮冥冥，虎啸猿啼。登斯楼也，则思君不见下渝州。

蔡澜先生说，做人不必太有使命感。

盖因说到底，我不过是"来旅游的小孩"。

又及，由"来旅游的小孩"，说说李白的"天生吾徒有俊才"。

敦煌残卷《惜罇空》，与《将进酒》版本有殊："君不见黄河之水天上来，奔流到海不复迴。君不见床头明镜悲白发，朝如青云暮成雪。人生得意须尽欢，莫使金罇空对月。天生吾徒有俊才，千金散尽还复来。烹羊宰牛且为乐，会须一饮三百杯。岑夫子，丹丘生。与君歌一曲，请君为我倾。钟鼓玉帛岂足贵，但愿长醉不用醒。古来贤圣皆死尽，唯有饮者留其名。陈王昔时宴平乐，斗酒十千恣欢谑。主人何为言少钱，径须沽取对君酌。五花马、千金裘，呼儿将出换美酒，与尔同销万古愁。"

有没有口口相传（甚至是酒场上醉口相传）出现歧文的可能？有的，而且在民间，这样的歧文大量存在。但是退一万步讲，《水浒传》去真实多远？《三国演义》演了三国几多？敦煌残卷是唐人所书无疑。

从这里可以窥见，改作（无论是宋人的，还是李白自己清醒以后的）虽然精准，却不抵唐的元气淋漓。

再进一万步，讲讲有争议的两句。

其一，"古来贤圣皆死尽"对"古来圣贤皆寂寞"。初看这两句，逻辑更通顺。但唱到浓烈的时候，来一个"寂寞"，太低沉，也太婉约，而且似乎为了"名"，太算计。"死尽"是否低沉？低沉如重金属，如朋克，如老腔；没有死亡作底色，狂饮不过瘾；唱到"死尽"可以拍桌子，唱"寂寞"可以吗？逻辑也是通顺的：你们那几个别端着装圣贤啦，人人都会死，只有饮者留其名！

其二，"天生吾徒有俊才"对"天生我材必有用"。没错，李白是浪漫主义。让他来说自己"必有用"，这太不浪漫。他希望自己有用吗？仍从仙道的李白出发观察，《庄子·逍遥游》有明确的"无用观"："今子有大树，患其无用，何不树之于无何有之乡，广莫之野，彷徨乎无为其侧，逍遥乎寝卧其下。不夭斤斧，物无害者，无所可用，安所困苦哉。"

"无所可用，安所困苦"，《梦游天姥吟留别》结尾正用其意：

世间行乐亦如此，古来万事东流水。

别君去兮何时还？

130

且放白鹿青崖间，须行即骑访名山。

安能摧眉折腰事权贵，使我不得开心颜？

"天生吾徒有俊才"，美妙。"有俊才"的李白，一个沉香亭侧、半醉半醒，诗在可作可不作之间而作必惊人、身在有用无用之间而用必出世的李白。你说这有没有用，你说这俊不俊才？

你说，这小不小孩？

断流十一 | 杜甫 戏为六绝句·王杨卢骆当时体

王杨卢骆当时体，轻薄为文哂未休。

尔曹身与名俱灭，不废江河万古流。

看到一个解：你们这些讥笑别人的人早已销声匿迹、湮没无闻，而四位诗人的诗却像长江大河一样万古长流，流传久远，绝不因为你们的诽谤而受到什么影响。"尔曹身与名俱灭，不废江河万古流"，今天用来比喻那些反对真理、企图诽谤历史文化者，到头来必定彻底失败，身败名裂；而正义事业必将如长江大河，以排山倒海之势，涤荡一切污泥浊水，奔流不息，滚滚向前。

可以说非常地雄辩了。

然而，"王杨卢骆"（王勃、杨炯、卢照邻和骆宾王）并不掌握什么真理。作为初唐四杰，他们要摆脱前代骈俪绮靡的文风，开唐文之先路。但文风之变，是一个艰巨过程，身在其中，也不免难以尽洗前尘，用盛唐的眼光打量，"当时体"有问题，而且问题很大，杜甫此诗中也坦然承认。"王杨卢骆"并不手握真理，也并没有主张"我是正确"。

那么，不"正确"的他们，还有什么价值？尔曹身与名俱灭之后，仍属"不废"的"万古江河"是什么？着意于"江河"的象：江河是水，更是长流。用物理的波粒二重性来说，粒子湮灭，波动长存。

初唐四杰，文字已旧，其神犹新。当时体会，陈旧过时；而你的诗心探索，如江河永新。你的诗心以求，才是你的不废江河。你可能是错的，旧的，看起来笨拙的；但我不轻薄哂笑——你的诗心以求，写照着人类的蓬勃涌动。

这是人类的希望所在，也是杜甫的寄寓所在。鲁迅有句话与此相类，你可以落后，而我不加哂笑，因我注目于你的永新之象：

"我每看运动会时，常常这样想：优胜者固然可敬，但那虽然落后而仍非跑至终点不止的竞技者，以及见了这样的竞技者而肃然不笑的看客，乃正是中国将来的脊梁。"

电影《死亡诗社》中罗宾·威廉姆斯有这样一段经典台词："我们读诗、写诗不是因为好玩，我们读诗、写诗，是因为我们是人类的一分子，而人类是充满激情的。医学、法律、商业、工程，这些都是崇高的追求，可以支撑生计。但是，诗、美、浪漫、爱，这些才是我们活着的意义。沃尔特·惠特曼说：'啊，自我！啊，生命！这个问题不断地涌入脑海。毫无信仰的人群川流不息，繁华城市却充斥愚昧，生活在其中，意义何在？啊，自我，啊，生命！因你在此——生命存在、个性昭然；这伟大戏剧不断推演，而你可以献上一首诗。'你的诗篇是什么？"

"这伟大戏剧不断推演，而你可以献上一首诗"，就是"个人诗心汇入人类江河"的另一说法，就是"江河万古流"的壮丽。

有时候，你会在自己身上体验到这种江河万古的澎湃之感。

比如，抵达一个让人心情舒畅的社区、群落，人在自然、人文、艺术、节庆、劳作、祝祷中陶冶，彼此应和奇想；或在人群中，一个眼神辨识同类，一望即知，你们是异乡中的同路人；或整日整日埋头在花园里工作，天光鸟语间，心流涌现；或如 T. S. 艾略特在《荒原》中所言，"群山中，你感到自由自在。大半个夜里，我读书，冬天就去南方"。

我们在历史中的姿态，或许永远都不能是最终的真理。我们永远是一时的江流。"当时体"被不断扬弃，可是人类的伟大不在于自以为掌握永恒的真理，人类的伟大在于，即便观念被扬弃，自向真理去追寻，万古江河，推衍不息。

这是以整个宇宙为环境的天工智能。我劝有财力而能忧天下者、期待万物的终极叩问与终极回答者，不如将希望还馈人类江河，修复人类社会的种种不公不义，少一些加速增长，少一些不容缝隙地增进效率，促成人类参差百态的协作共生，勿令大象席地而坐，给人以从容为人的机会，让人类大群在自然、艺术、人文、美之间，充分地荡漾、容与、激荡，发扬舒展人类的情、智、美、真，真正运行起宇宙间的人类江河之算法，做它的"迭代运算大心流"。

投入人类大心流，投入共情、共真、共美的人类心，同人类大群合唱一曲。如 T. S. 艾略特所说，做有用的事，说勇敢的话，沉思美好的东西，人生有此三者足矣。我愿成为人类推演江河中即生即灭的一滴，虽即生即灭，亦是真挚的一道流波。

如杜甫所谓"江河万古流"，如其所谓"文章千古事，得失寸心知"，如其《北征》的恳切之行，如其《秋兴》八首从天抠下苍莽八角的践行。这，是我心中的万古江河。

赞美万古江河，赞美万物觉醒的时代！这是复兴的时代，陈腐观念已无力阻挡"人"的蓬勃醒来。人类飞速迭代进化，驳杂美妙之物源源不断地涌现洞见；至小的微观和至大的宏观领域，无限可能性对人类敞开怀抱，令人惊叹生命的不可思议。莎士比亚曾借《哈姆雷特》感慨："人类是一件多么了不起的杰作！多么高贵的理性！多么伟大的力量！多么优美的仪表！多么文雅的举动！在行为上多么像一个天使！在智慧上多么像一个天神！宇宙的精华！万物的灵长！"睁开眼看，勇猛，精进，享受真正的生活吧，亲爱的朋友！

日暮苍山远，天寒白屋贫。

柴门闻犬吠，风雪夜归人。

天快黑了，苍山依然很远，长途跋涉，需要一个落脚点。

这时候，发现一间贫寒的小茅草屋，遂去投宿安歇。

到了半夜，柴门那边犬吠，

是风雪夜归人。

是芙蓉山主人归，还是诗人抵达了白屋？都解释得通。"诗人在茅屋中，而另一个人归来"，从成诗考虑，诗意更佳。

前三句极单调乏味，了无诗意、难于记诵。这三句冷寂、贫乏、凌乱，诗意几近崩解，这一晚没有诗的事儿。

但第四句极丰富。因为归人的到来，诗神一时汇聚。

风雪夜归人的到来，一时盈满了有限、贫乏的现实，寒夜变得生动有情，眼前一切被点亮，芙蓉山有了主人。

世界的无边、无规则、无法用诗意归拢的焦虑，被雪夜归人收拢；冷寂世界因"人"的到来，一时清夜觉醒，冷寂、贫乏、凌乱的世界变得纯粹、完整、有情，形成雪一般的秩序。神秘又熟悉，疲惫又舒适，苦寒又温暖，浩大又微渺，归人渡过苍茫世界，披开长夜风雪，直抵你逆旅的心。《唐诗解》：此诗直赋实事，然令落魄者读之，真足凄绝千古。

于是，今来古往人间风雪夜，竟没有更好的诗了。

从何处归来？令人遐想。

他是从远远的苍山之外归来？

是从世尘里归来吗？

为何要在雪夜兼程归来，因为有客在此不宜冷落？

雪误了白天的行程，但一定要回到家才安心？

或因为贪于赏雪而迟归？

醉归？樵归？

孤舟蓑笠翁，风雪夜归来？

小炉新醅酒，风雪夜归来？

湖心亭看雪归来？

战罢玉龙三百万，荷戟风雪夜归来？

风雪夜归来，也可以形容极恶劣的条件下千里万里赶奔家园的心，这种心情可以形容大城市日常不方便且越来越不方便的通勤下班，日复一日、千里云霾的归去来。

可以形容一年一度的游子春运，绿皮火车中，每一个心上洒满风雪人。

更可以形容历遍一生风雪的回乡感受。当天真儿童问你"客从何处来"，你在春和景明里，却担着一生的风雪作长夜独归。你说的并不是他乡的口语，只是多年风雪羁绊了舌头。

不必悬想他从何处归来，只顾念你自己曾经担当的风雪夜归——

越陌度阡，你曾是谁的风雪夜归人？

为了谁，你越过迢迢苍山，回到贫且益珍的白屋中？

不管离开了多久，大雪茫茫之夜，要赴一场清寒之约？

也不管在世间的步履如何变幻无踪，有一种步法叫做归程。

彗星拖曳彗尾如人归风雪夜。那颗星一无所有，却带着全世界的风雪划过天际。

但也有不须归的时候，如张志和《渔歌子》：

> 西塞山前白鹭飞，桃花流水鳜鱼肥。
>
> 青箬笠，绿蓑衣，斜风细雨不须归。

卧雪十三 | 柳宗元 江雪、白居易 问刘十九
又及，三个看雪人

// 一

今晚有大雪将落。

想起有雪的时辰，想起镜像般的五绝二首，诗中两个看雪人。

这两首，中国人都会背：一个像蓑衣一样背起来，一个像晚来风雪一样背起来。

前者是：

> 千山鸟飞绝，万径人踪灭。
>
> 孤舟蓑笠翁，独钓寒江雪。

后者是：

绿蚁新醅酒，红泥小火炉。

晚来天欲雪，能饮一杯无？

雪中两个老头儿。

前诗极清冷，用仄韵，发险声，写绝境中的清冷者；后作极温暖，平实风物，可爱拙笔，舒舒坦坦，写安顿了自己的微醺者。

前者喝着咖啡，后者喝着小酒。前者，此时如果有人来，会很扫兴；后者，寒夜若是无客来，或会失落。

前者，空间由极大极辽远，收到孤舟、蓑笠、钓雪的弯针上；后者，从细小开始扩大，用蚁生丈量的浮沫时间、小火炉丈量的空间，如此极小、极惬意的时空，看出去，是浩大的欲雪晚天。以手工的尺寸丈量欲雪晚天，携烛火入无穷夜，以温暖而有尽，遇见天地无涯。前者像古龙的侠客，不用吃饭睡觉，极简天地间，只剩至简的清冷姿态；后者有《水浒传》里的人，会饿，会寒，所以要有火，要有酒有菜，人间的滋味。

二者在雪里，很中国的那种雪里，得到诗人的两种时辰：冰的时辰，火的时辰。

两个看雪人，或许会相逢。一个钓雪归来，一个散酒出去。

二位都带着暮雪颜色，他们将交换怎样的眼色？

// 二

两诗最后一字都很妙。作为最后一口气息，呼出诗中的神。

可以尝试换一个字试试。一首：

千山鸟飞绝，万径人踪灭。

孤舟蓑笠翁，独钓寒江鱼。

另一首：

绿蚁新醅酒，红泥小火炉。

晚来天欲雪，能饮一杯乎？

为什么换得一字，味道尽失？区别在哪里？

第一首，不是钓鱼。如果蓑笠翁真的钓上一条大肥鱼，意境就全塌了。不是那么肯定的钓，钓的是雪精神。

所以，是弯钩，还是直钩？谁也不知道。是力可钓鲸鲨，是老人和雪，是一根线在水里。

第二首，用"乎"字，押韵了，而且阴阳平声的安排，似乎更妥，这里却嫌别扭——"乎"字表疑问语气，太确实了。

此处问得不是那么肯定，不似屈原天问，殷勤天地；是苍茫暮雪间的小哉斯问。在提问的片时，微醺的感觉让问题几近消失，被问者几近消失，甚至提问者也近于消失。一个问句，说到一半，消失在风雪里。在这个环境下，饮者寻一个对饮的人，如雪夜访戴，何必见戴？如子路从而后，何必紧紧跟随？

虽然"惟有饮者留其名"，可这位有着"惟有饮者忘其筌"

的惬意——这就是"无"字上的神情。他处在临界的状态：醉与醒的临界，有朋友和没朋友的临界，惆怅与欢欣的临界，逍遥与安息的临界。将雪未雪，将醉未醉，为欢未欢，诗人已从容预支了雪中的时空，使得小火炉变成假想中艰苦跋涉之旅的终点，未受劳顿之苦而得劳顿后油然而生的安逸。

再见了，世间，我要走点儿神；再见了，天界，我去会个人——这就是"无"字上的神情。守着小火炉，一个雪人向雪天钓雪：在这最后一个字上，两种看雪，交叠为一般时辰。

// 三

此二首诗，其作者谁？

《江雪》，柳宗元；《问刘十九》，白居易。

这两位托生为绍兴周氏兄弟：鲁迅和周作人。

鲁迅有似《江雪》的一首《题〈彷徨〉》：

寂寞新文苑，平安旧战场，

两间余一卒，荷戟独彷徨。

周作人《北京的茶食》中，有似《问刘十九》的段落："我们于日用必需的东西以外，必须还有一点无用的游戏与享乐，生活才觉得有意思。我们看夕阳，看秋河，看花，听雨，闻香，喝不求解渴的酒，吃不求饱的点心，都是生活上必要的——虽然是无用的装点，而且是愈精炼愈好。"

一个问，假如一间铁屋子；一个问，假如晚来天欲雪。

钓雪者，投匕首于无所有之间；微醺者，手接白刃，化为雪。

千载上下的镜像兄弟，在雪的劫波里相逢一笑。

这两位也可以合为一个人——在那个"三千年未有之大变局"的临界点上的王国维。

静安先生临昆明池水，照见池下劫灰，一个绝望的清冷者，照见镜子下的老头。火炉温暖，水妖歌唱，握盏人问："能饮一杯无？"钓彻江雪，他去饮了。

又及，三个看雪人

《世说新语·言语》："谢太傅寒雪日内集，与儿女讲论文义。俄而雪骤，公欣然曰：'白雪纷纷何所似？'兄子胡儿曰：'撒盐空中差可拟。'兄女曰：'未若柳絮因风起。'公大笑乐。"

"柳絮因风起"，通俗、贴切，有画面感，鲜明讨喜，便觉生动。然而，私以为"撒盐"更胜一筹。

吾乡称正式下雪之前的冰粒为"盐粒子"。童年冰粒落下的时候，飒飒地撒在屋瓦上，砸在玻璃上，是一种甜丝丝的盐味，如火中哔哔的爆响，如黑胶唱片运转时的滋滋声响。有这盐响，之后才是黑胶的声响。撒盐，不只模拟了雪的形象，更模拟了雪的微小声音、味道、触觉，孩童在室内小爪挠心的兴奋情绪。而"撒"的情态，岂不比"因风起"更活泼？

飘柳絮的时候很容易想到下雪，那么下雪的时候也很容易想到飘絮，撒盐于天地间却不轻熟，其意象更险，也更难，它暗示一场雪的静观。需要更幽微的通感、移情，更绚然不群的世界观的搭建，更为险拙深重而非轻捷的诗才。一个是可以立即兑换的天赋，另一个是在世间很难兑现但更值得呈现的诗才。

谢公很可能耽误了一个诗人。

冷云团已经做好了雪，那些比较重的冰粒会较轻捷的雪花更为素朴地落下来。

如果让我穿越回这个讲诗班，我会补充回答，因两个孩子见到的是落雪的不同风姿。谢公谢公，你可知冰粒和雪花的速度相乘，再乘以二者飘落的时间差，除以二者的速度差，就是雪云团和地面之间的距离。趁他懵在当场，我当拽胡儿离开这小型应试现场（也许会装作跛足道人）。宝玉之子，我的盐孩子，我们一起去看世间奇奇怪怪的雪。世间乱絮因风起，风流类撒盐；谢公谢公，白雪地里擎盐罐，只今谁是举贤（咸）人？

平行世界的谢公有所触动。他讲论文义毕，沉吟良久，把胡儿唤到身前，说："柳絮因风，虽则讨喜，但我愿你有如同撒盐之雪一般寂寂的灵魂。"

孤山寺北贾亭西，水面初平云脚低。

几处早莺争暖树，谁家新燕啄春泥。

乱花渐欲迷人眼，浅草才能没马蹄。

最爱湖东行不足，绿杨阴里白沙堤。

春天了，挑一首春天的诗来赏玩。

钱塘湖（即西湖）、孤山寺、贾亭，湖东、白沙堤——如此几个地理名词为卷轴，所收录的画卷里，摇漾的是清丽春景。

这首诗没有什么深意，就是春来了，好开心。"初平""低""早""新""渐""浅"，多么浅近又蓬勃的气象。一切活泼的气象，争争啄啄，跳跃到人的眼前。是因为春的蓬勃，人类才跃跃然发声，才会产生语言吧。幸好芳春短暂即逝，不然虫鸟万物简直都要开口说话了。

《枕草子》开篇也有这样的喜悦，下面是周作人的译本："春天是破晓的时候最好。渐渐发白的山顶，有点亮了起来，紫色的云彩微细地飘横在那里，这是很有意思的。夏天是夜里最好。有月亮的时候，不必说了，就是在暗夜里，许多萤火虫到处飞着，或只有一两个发出微光点点，也是很有趣味的。飞着流萤的夜晚连下雨也有意思。"一年的生之趣味，由春天气象，汩汩而出。春，是四季的大起兴者。

去看"乱花"：春天最好看的是寻常地面：泥土的干湿便有不同浓淡底色，草色也有新旧，落花再添斑斓，更有阳光透过层叠的花叶洒下微妙变化的疏影。一片寻常地面，便有千层工夫，千般看头。光是看看这样的地面，就觉得此生足矣。自然秒杀人类的一切算法，宇宙不必美而宇宙自美。

去看"浅草"：去踏春，春天真是给人惊喜，就像是以脚为

150

手的拍案惊奇。孩子太文明了。我说："来，到草地上走。"孩子坚决不肯。好说歹说，孩子说"我摸摸草吧"，摸了摸青青的草，然后呢，然后就几乎睡着，融化在草地的梦里了。

古人写诗，很少开心；偶然开心，多交付春景。而这份开心，最好的鉴赏便是去大自然读大自然：以脚为手面，去拍案惊奇——踏青的步数记载着拍案惊奇的篇数。

春来也，春来也，无羁绊，思无邪，去长思，去探眼，藏自己于万物中。

踏春去也。

四
编

迹云十五 | 贾岛 寻隐者不遇

松下问童子，言师采药去。

只在此山中，云深不知处。

// 一

这首诗叙写寻隐者而不遇的经历，平实讲述，余味悠长。而换一副眼光看，又是一首颇见道的诗。很怕"师"这时采药归来，把诗拿走：幸而不遇，仙家不遇诗家遇，寻隐者不遇，而遇见更深的东西。

我们看诗人此行遇见了什么。遇见童子，童子说，师父采药去了；药在这山中，山被云遮住。师：可以昭示真理的人；山：阻隔；云：遮蔽；因云的遮蔽，未达至道；又因为这至"道"的未达，此中充满了"道"——"道路"，即路径。

松下是"我"的路径。

师是童子修行的路径。

"药"是道隐的"师"导引的路径。

山是师行去采药的路径。

云是山的路径。

云深是不遇的路径。

不遇是遇的路径。

师，药，云深处，皆不可见；童子，此山，此诗，皆在似隐非隐之间。而寻访的"师"，在云深处开示路径，即"道"。"路径"不是任何东西，词语"东西"也不是东西。东与西，仍是路径指向的集成。我们所求的，终非实有，只是"被云遮蔽的路径"。

为什么这样说？

二

万物皆有其用，即实有之物具备指向性。因这指向，此物消失；若无指向，此物归于虚空碎散。一样东西，一件事，本身显现出"实"的样子而实非"实"。试想，音乐落于何处，光截断于哪里？一片叶子，看似实有，却是为了叶脉光合能量；能量到了哪里，汇为植物的果实？果实变为果腹的食物？食物变为人类活动的能量？人类的种种活动，目标又归结何处？目标也只是一叶。

我们虽为现代人，但人的本能仍是追逐野兽、采集花果。现代的工作形态，无论看起来多么复杂不同，皆可看作逐兽集果的幻象。这是基因的导向，我们的基因遥指了一个假想的杏花村，让我们以为有一个目标，一个实，一个果，一个终极目标，让我们以为会有一个老师，可以带来一个终极真理，让寻求的心最终找到归宿。这是基因给予的召唤与奖励，也可以说是错觉。此生编织梦幻泡影，空忙一场，实无所得。因为本无"东西"，何来得到东西？然而，又会有那么一点实实在在的获得感，使得"此生无憾"。因为我们的身体、感知、生命，是一辆运载基因的货车，货车的目标是将基因自身的序列顺利运往下一代。任务达成，基因就会给我们"完满"的感受，没有做好，就会产生"失落感"。"劳动一日，可得一夜的安眠；勤劳一生，可得幸福的长眠。"此话正阐释了这种获得感。人——编织生物基因和文化基因以作出路径传达的生命个体。

// 三

　　所有的"东西"都有着"桥"的属性，是路径，只是路径，向前循到底，无花、无果、无兽之野，一切无终极的归处，一切只是伪装成事物的路径。道可道，非常道：路径可以裁下来而仍是路径，那就太不正常了。万物皆无一个确定的着落处，也没有一种学习是"学完了"，没有一种意义是"意义全归于此"。道之所行，拨开云，在路上试着走。

道在何处？道在此"寻"中。一切皆在"寻"的中途而实无所获：童子在修仙的中途，师在寻药的中途，山在云的中途静默，我在寻师的中途。我可以见到"道"吗？此刻，道从我身上流过；我可以见到师吗？此刻，如诗。

// 四

观察"知识"这个词：它是两个动词组合起来的名词，是"知之识之"的"之"字隐去所构成的。"知识"本身不是一个实在的归处，是中转站、变电站，是"知之识之"。爱因斯坦说，提出问题比解决问题更重要。提出问题令"知识"变成"知之识之"的生动，霍然带光带电。孔子说："学而时习之，不亦乐乎。"——学到知识而放入因时而动的运用，不是快乐的事吗？古典知识依着基因的节律，对人性抚慰梳理，生发远探，是人生的乐事。

随着科技的发展，知识获取弥易而真理之途弥远。知识不似

"道"，而似"云"，反而遮蔽了"师"的处所。不该只是记住死知识，更要寻到道路，走上道路。

// 五

观察写字：千沟万壑轻重缓急的变化，就是笔触，是笔触所成的断断连连的路径。观看路人真是由衷佩服，一个看起来这么普通的路人，手腕中竟埋藏着百点千划、路径无穷尽的书写潜能。当人写字时，经由笔迹，行深深路到深深心，把一朵路径之花开放出来。而读书是万千笔画形成的字形成的词形成的句形成的段落形成的篇章形成的思路。笔画是路径，思路仍回到路径（打字却是一种点阵的操作，打字的敲击很难再复行以笔划划向深深人心的步骤。幽深的行路感受，在打字的时候折损了一大半）。说一个人读死了书，即指他眩视于指南针的旋针而不能前；一个人读活了书，指他由这千条路径窥到范式而起手搭建。

关于写作。一种写法是看一天能写多少字，如田粮之高产；一种是看怎样用最少的字句做出凝练表达，如矿质之结晶；还有第三种，将写作视为散步，视为纸上复行内心路径的散步，那么走多少路不是重点，重点是所行与所知相符。多少字只是表象，到笔的写作只是把这些路径抽丝出来，实为最不重要的一步，重要是行路时，积淀时，从积淀中构思抽丝时，直到倾吐时。单一的知或行是不幸的，写作是知行合一的过程。不增一分虚妄，不减一分锋芒，知行完全合一的散步式写作，是幸福的。

另，关于阅读，有人争论纸质书和电子书，何种媒介为好？从这首诗上想，重点或不在媒介本身，阅读不是把眼前字吃进脑子里。阅读应该是在一个场域借助文字展开文思，也许一个字对应着虚无，另一个字对应着千般路径；路径尽头大虚空，虚空尽头无穷路：阅读应是一场寻隐者不遇的奇遇。何种介质为好？有助于复现这场奇遇的介质为好。可从这个出发点去想这件事。两种思路的不同，可引申出两种感受不同的问题：其一，今天你有多少时间留给了读书？其二，读书给你留下了多少时间？

六

观察"七十二变"。或释为并不是变成小虫子、小鸟之类总共七十二种形象，是七十二种变化、搬运、渡过的门径。只有历经人世沧桑难为，才能明白"变成七十二种样子"和"应付人世困局的七十二种变通"之间的况味差别吧。而这对孩子而言，也别有趣味。曾把七十二般变化一个个抄在大纸上，给孩子细细解释每一种变化的妙用。"七十二般变化"这样的词，打开了看，就是一部瑰美的想象力宝卷，《西游记》真真想象力博物馆。孩子会把喜欢的变化圈点出来，并告诉我故事中这般变化的例子，会去想如果把这些变化运用在上学途中（比如神行），用在不想睡觉的时候（比如分身）……如此怎样做笔记，怎样举例子，怎样考据，怎样阐释，怎样想象，怎样搭配着七十二般变化去完成一件事，如同玩弄思维中的乐高模块……根本不是大人教孩子，孩子可以依靠路径把整部《西游记》讲下来。这是人的本心。"师傅领进门，修行在个人"，师所授，不该是具体的"所得"，是所修，所行，所抵达，所经过，所砥砺，是这之前的窄窄的不起眼的门。进门而自有路径，何必一步步带领？只会带出亦步亦趋的人吧。古书的这些地方宜较真，较真了，路径自然展开，如一朵花开，拦不住它。而人在其中，美如得到筋斗云的猴。

// 七

观察人间：人海茫茫，即是千山万径。

行万里路的最小意义，是以足去复行书的路径，复行书所开示的行路动作，以身体去探寻，作另一种读书的身姿。行路是以世间为书卷，书卷是以字纸为山川。不一定要领略到什么奇景，便行路去，已是奇景；便开辟去，历历奇观。人生能抵达什么？人生在路径（道）上，经过，领略，画圆圈：我来到，我看到，我征服，我放手。

八

　　看一个人坐在汽车里拿一块发光的砖点点划划，在此间看到路径；看一个人轻捷地无意识地走环形道路以达到锻炼身体的功效，在此间看到路径；看一个家长要孩子背诗，背的就是这一首，背得都对，家长释然，放孩子一马，在一边的我依然听到"松""童子""师""药""山""云"等令自己感触的词语，在此荒废诗意的背诵间依然看到路径。遍览世间，遍是编织，遍是路径。恰如奈丽·萨克斯的诗："我们在这儿编织花篮，有人编入雷的紫罗兰；而我只用一根草茎，充满沉默的语言，它使空中迸射出闪电。"

　　人类做何等事情不是在编织路径？农人编织四季。司机编织道路。商人编织人际。厨师编织菜谱。教师编织学业。博士编织论文。交警编织车流。园艺师编织菜。驯兽师编织兽。广告人编织诱惑。布道者编织天国。佛教徒编织空。儒家人编织有。游泳者编织水。网球手编织落点。库里编织远投。拳击手编织牛顿。骗子编织罗网。海盗编织鲨鱼。小偷编织黑洞。画师编织矿物。

作曲编织情绪。电影导演编织光。舞台演员编织氛围。编剧编程编辑，更不消说，名字里就有编织。曾有人叫错"剧目工作室"为"锯末工作室"，这种陡然而至、破掉编织力的说法令我赞叹。木匠编织光合作用，而锯末：木造的虚空随散。

//九

观察《论语》：此书中没有什么实际的内容，小时候读，觉得索然无味，因为没有相关的经验灌注进来，看来是字字虚言。是童年之我不识道路，被云遮蔽。《论语》所言，只是路径，是世间路的影子。得经验灌注，云开雾散，路径才一一显现。《寻隐者不遇》与儒家的"仁"可互为引发，这首诗简直可以放在《论语》的最后，作孔子最后的喟叹。

"仁"，字面来讲，是两个人的关系。二人之间，远远近近，一个人心抵达另一个人心，就抵达了"仁"。一颗心拨云抵达另一颗心，是分外难得的事。因一人之心，千万人之心，到达了另一个人，就到达了所有的人。那么"仁"的获得感，就在于走好从人到另一人的道路，此间道路远远近近，瞻之在前忽焉在后，如寻隐者，不遇是常态，人不知是常态，有朋自远方来是非常态。而不断学而时习之，不断修习此"仁"，则"师"的心若在近前。而不觉间此"松"繁茂，是仁者可以安住的处所。

// 十

观察滚铁环：简洁的玩具，一个路径闭环。

简洁的玩具，带来丰富的触感，从心到手，到一条小路的每一颠簸，用快乐包裹着怎样与世界和解、共舞的教益，在颠倒梦想画从容之圆。

而平衡车只是麻木地站着而已啊。

人生虚无之环通过翻滚抵达圆满。

它什么都不是什么都无也不外求。

然有生命赋予微妙平衡栩栩如生。

声音在弦光影在屏我们在尘世上。

滚铁环：用一个朴素的环，演练人与世界的和解。

平衡车：将腿的一部分路径知觉代偿给机器，与感知力渐行渐远的平滑运动。

不只是这两样东西，玩具设计，进而工业设计、生活设计的逻辑改变：从辅助成长开拓知觉、开拓对路径的感知，转为讨好屈就，进而反噬。

使用两种玩具的社会学感受也不同。平衡车上的孩子往往表情冷漠，带着一副"这玩具我有你没有"的表情滑过去；玩铁环的时候路过的老人、中年人会突然闪动孩子的天真眼光，跃跃欲试，而几乎每一个路过的老人都有深深珍藏在心底无须想起从不忘记的特殊玩法，它的启动、前移、降速、转弯、收尾，皆有独到的精彩，真的，试玩者无不闪动人伦的光彩，一挑、一抹、一放，这深深埋藏心底的路径重现之间，你可以瞥见他一生的故事。这样一个滚铁环的下午，可以获得很多玩法提升，让许许多多玩法路径附着在儿童的心底——让更古老的雪落在年轻的心灵深处——它很好地实践了人际的传承，而化入无痕。

重建朴素生活，重建朴素生活中的好智慧，比如这路径之环的游戏。倾听这铁线的声音，如松下童子一般吟唱着：

松下问童子，言师采药去。

只在此山中，云深不知处。

// 十一

如何方便、便捷地抵达？

斩断道路。

西湖有断桥，如行到世界尽头冷酷仙境忽遭强人当头棒喝。断桥未剪断路径，反而铺展了另一番路径。

皖南山里有坑头村，村子绕溪三十六座半桥，是三十六个进士一人一座，一个商贾造了半座，因此附会得一个故事：坑头村也许是世界的边界。村子绕溪三十六座半桥，出一个进士造得一座，唯有一个不去科考的读书人，偏也要造，村人不许，好说歹说，许他造半座，造得了，谁也不愿从半座怪桥上走。读书人自己走上去，走向那虚空中的另半座，遂在半的边界上化作纷纷竹叶。

路径是斩不断的。

斩断路径，即另辟蹊径。

工作场所有神灵，孤绝之路有洞天。

// 十二

《西游记》第二回《悟彻菩提真妙理 断魔归本合元神》："悟空见没奈何，只得拜辞，与众相别。祖师道：'你这去，定生不良。凭你怎么惹祸行凶，却不许说是我的徒弟。你说出半个字来，我就知之，把你这猢狲剥皮锉骨，将神魂贬在九幽之处，教你万劫不得翻身。'悟空道：'决不敢提起师父一字，只说是我自家会的便罢。'"

为什么要这样告别，可识得冷言语中温良意？

为斩断固有路径，忘了我。

寻隐者而不遇；诗人已死，路径长存。

// 十三

曾由向导带进过深山里的小石头村落，据说因为缺少改造资金，甚至给了资金也不会花、期限到了原封退回，才免于"修缮"为粗制滥造的旅游景点。在其中，我看到古人心迹手泽，虽然远离了江南灵秀，但其中的巧思竟更胜苏州园林，且更适合家常日用，家常日用而不知。蒙童日日在村路上行走，就好像用脚步、用体知体悟，去日日温习《古文观止》。进村下沉的坡道，下沉却迎面而起的九仞影壁，村中的百十纵横，大林道，深泉道，已不是"浸润"于小区的现代人所能充分体察，然而也唤醒了身为现代人的我的幽深体认。想这种村落是属于老子的地界，那么文明的隐隐传承就更让人心惊。当时，我诚恳地对当地官员说，请不要觉得这只是一些荒废的石头屋子，它们的排列组合更有价值。比如把八阵图的石头收集起来堆在一处，得到的只是石头而已。这个不难理解，但是见到一个收藏颇丰的民俗博物馆，把四处收来的石墩石碑堆放一处，它们失去了本来的神采，犹如手指堆在墙角做了农人的柴火。村子的空间构造比村屋的实体更有价值，这里的石头屋子保存下来的最珍贵遗产，是道路与房屋的关系，是步履所行、心性所行的路径，是它们附着的场域之书。

// 十四

可以径往山中寻师否？可以拨云见山真面目否？可以举火烧

171

山逼出此师否？古往今来，人们梦想着没有云的道路，理想化的道路，袒呈清晰的真理，直截地抵达人心。这样的道存在吗？失去云，道也坍塌。俗语说，"你要讲道理"。"天理"，绝对正确而不可径得；"人道"，孜孜以求，试图趋近天理却总不可得。合起二字，就是"道理"，道理中有云，讲道理就是走云中路，失去了云，哪里还有道？

无云可摘去。何道不行来。

// 十五

回到贾岛。他一生苦求字句，曾两次撞入官员仪仗。古语有"剪径"一词，颇为形象。贾岛是不是要把世间路径，一一"剪裁"下来，带回他的"岛屿"上？

就像他寻隐者不遇而遇见了"隐"，他把此间云剪走了。

// 十六

南美洲高原上有净湖，湖上香蒲根茎编成岛屿，当地人在岛上生活，甚至搭建学校、邮局、足球场等岛屿。香蒲根茎，本身是路径；路径编织为岛，这个假岛，肖似贾岛。

分身十六 | 贾岛 题李凝幽居

闲居少邻并，草径入荒园。

鸟宿池边树，僧敲月下门。

过桥分野色，移石动云根。

暂去还来此，幽期不负言。

// 一·剪

上篇提及贾岛一生苦求字句，曾两次闯入官员的仪仗，这里说说冲撞韩愈的那次。这一次，不只"剪径"，并且"搬门"。

胡仔《苕溪渔隐丛话前集》卷十九引《刘公嘉话》："岛初赴举京师，一日，于驴上得句云：'鸟宿池边树，僧敲月下门。'始欲着'推'字，又欲作'敲'字，炼之未定，遂于驴上吟哦，时时引手作推敲之势。时韩愈吏部权京兆，岛不觉冲至第三节，左右拥止尹前，岛具寺所得诗句云云。韩立马良久，谓岛曰：'作"敲"字佳矣。'遂并辔而归，留连论诗，与为布衣之交。"

历来评述，对"推敲"的择选津津乐道。笔者认为，"推"字佳，"敲"字佳，还有一字亦佳。推敲何字为佳，自可形成有意思的讨论。然而，是怎样的基础使这样的择选成为可能，却往往被忽略。在此，先说"推""敲"二字的佳处，再说此讨论的基础，最后引出"推""敲"之外亦佳的一字。

// 二·推

先说"推"字的佳处。

推门时，清月下，荒园小门发出幽微的吱呀声。这声响不同于"敲"的醒豁，是比寂静更静的音声。推门一瞬，宛如宋来。

在宋朝，音声交给词，静默交给诗。在宋朝，诗的音律未变，音律的精神变。声律成为笔画的外延，歌诗喑哑，诗意进到眼睛里，流入内省之心。

贾岛所处的中唐，与宋有相似的地方，仿佛旁门暗至、幽径相连。宇文所安《中国"中世纪"的终结——中唐文学文化论集》这样阐述："中唐是中国文学中一个独一无二的时刻，又是一个新开端。自宋以降所滋生出来的诸多现象，都是在中唐崭露头角的。在许多方面，中唐作家在精神志趣上接近两百年后的宋代大思想家，而不是仅数十年前的盛唐诗人。以特立独行的诠释而自恃，而非对于传统知识的重述，贯穿于此后的思想文化；对于壶中天地和小型私家空间的迷恋而作机智戏谑的诠释，成了在宋代定型的以闲暇为特征的私人文化复合体的基础……作家们以大小巨细各种方式宣称他们对一系列现象和活动的领属权：我的田地，我的风格，我的诠释，我的园林，我所钟爱的情人。"

当然，中唐与宋并非全然相通。延至晚唐，诗歌还要更深地探入风神。从回溯的眼光看来，中唐与宋有着不同的去向。

但是，此僧推门的时刻，诗的意味带他进入宋世界。

// 三·敲

宋诗，技巧更熟，风姿更纯，技法层面更深探究，精神层面则更为幽微。而唐诗，纯是一派浩歌与幽咽。宋诗是一座园林，而唐诗是一个诗国。

金瓯残破，拆碎成词；铁骑入主，拗扭为曲。其后世界，诗、词、曲纷纷如雪，时有惊艳之笔，却不以国称。无论怎样的诗写出来，一个瑰丽的诗国已谢幕。

而当僧"敲"门时，此夜忽在一字上提振。犹如轻轻说出这两个字——"唐诗"，此诗国遂"一时明亮起来"。"敲"上响亮，响亮起一片春和景明，应制唱和，或阴风愁雨，羁旅漂泊，胡天塞外，瀚海阑干，宦海城阙，杯酒永别，浣纱绿暖，鹿柴春苔，寂寞空潮，故垒萧萧，玉堂春闺，陌头杨柳，飞阁流丹，山川盛景，或寻常草野楼舍的方便法门，生活趣味，他们随身的玉之琅琅。唐的氛围，是一个团块，一个国，清晰、具体、丰厚，有重量，有体量，可掂量，笔触交代清楚，勾勒出的有境之国，可以让后世的精神子民藏身进来，安享片时风神。当此僧敲门，我们回到唐朝。

// 四·门

由此，"推"与"敲"，开入唐人宋两副门径。

推，有风；敲，有风神。

推，幽玄侘寂；敲，子夜清音。

推，默入自家门；敲，径入他家门。

推，僧人寄身；敲，僧人云游而归。

推，使宿鸟睡意更深以至坠树；敲，使宿鸟夜飞惊动池鱼。

推，宋公明上楼法；敲，鲁智深醉山门声。

推，言理诗的清澈；敲，歌诗的响亮。

我们当择选何字？

然而，如前所述，择选何字已是第二个问题，比推门或敲门更微妙的是，诗人令下笔获得可贵的延宕，他站在了出唐入宋的门槛上。这个微妙的所在，使推敲成为可能。那么，诗人是怎样使"推敲"择选成为可能的？

是用一个比"推"或"敲"更险的字——"僧"。

看第二联诗，"鸟宿池边树，僧□月下门"。这里不只一个字上的特别，整个第二联都处于特殊的位置。为什么？先看诗题：题李凝幽居——我题在李凝幽居的处所；诗的正文——我去入荒园访友；去敲友人门；我不遇而返，我嘱托下次再来，请勿负幽期。

笼统地看，都是诗人的主观视角。

然而，在第二联，有些东西微妙地挪移。借助诗人之眼，协同诗人之身，我们正在细细体察这番游历，这时视角忽转，由此看到"僧敲月下门"，这是诗人（僧）访友的场景。"我"一直在画中，而画外的"我"，又在天外看着画中的"我"，与我们一起鉴赏月下之"我"的徒劳奔波。"推敲"固然耐琢磨，不能忽视的是，因这视角的转换，"推敲"才成为一个可讨论的问题。试想：如果是更为合理的"余敲月下门"，则完全无法做这一番"推敲"——当时你在推，在敲，自己竟忘了吗？而"余敲月下门"或"吾推月下门"，也感受不到现有的诗情：这选择距离门太近，太现实、太务实、太坚牢，不容诗情介入。一个"僧"字，换去"我"字，令此联诗进入图画逻辑，推敲的选择不再粘滞于现实，只需要在天外想着，云上生眼，去挑剔哪一种更符合诗的传达。

这有类中国画散点透视，灭点落在心情渺远处。须在图像上做梦，才算欣赏中国画。反过来说，不做梦的人看不懂中国画，不做梦的人不会推敲诗里的门。麦克白杀了睡眠，散点透视杀了不做梦的人。而有这"僧"字，才有这样的散点，才有这样不确定的立足点，才有这样不确定的推敲。

"僧"字造梦。僧在画中，又在画外。图画驱除时间性，驱散诗意之外的空间。千载而下，仪仗何在，李凝幽居何在？而推敲声尚在。

总之，或"推"或"敲"，这择选的眼光，这选择的可能，这使一个字活的可能，是比炼字更美妙的事。他可以去唐，去宋，或去更远之处，慢慢选择去往哪里；慢慢去选，"僧"已神游象外。

// 五·□

回到"剪径"的故事。

也许，韩愈的乐趣在定稿一首诗，贾岛的乐趣在一首诗未定稿。

当诗人意识到自己站在风格、气氛、语言、时流的门槛上时，他已不见眼前车仗，却天外生眼，自天外打量月下推敲的自己，一如古希腊哲学家泰勒斯观察星辰时不小心掉进坑里；而冲撞仪仗而犹在推敲，如同不小心掉进坑里犹在观察星辰——古希腊哲学家般的天地只眼，古希腊人般的天真天成。

天成而竟未完成。天损一字，留下黑洞，留下"天知我有、地知我无"的一字。为什么一首诗必要它完形才好？舒伯特不介意。第八交响曲《未完成》，写罢前两章，丢笔昂首而去。贾岛亦有诗囊（姚合的《喜贾岛至》有生动描述："布囊悬蹇驴，千里到贫居。饮酒谁堪伴，留诗自与书。"），得佳句便投囊中，等待它长成一首诗，或竟只是断章。完成之诗如冰，未完之诗如水，诗囊如零度冰箱，储存冰水混合物，储存柴郡的猫，储存浑沌中的更大可能性。《庄子·应帝王》有言："南海之帝为倏，北海之帝为忽，中央之帝为浑沌。倏与忽时相与遇于浑沌之地，浑沌待之甚善。倏与忽谋报浑沌之德，曰：'人皆有七窍，以视听食息，此独无有，尝试凿之。'日凿一窍，七日而浑沌死。"

此诗是有窍的诗。

细看"僧"的动作，竟不是"推"，也不是"敲"，是一个"□"。"□"，这个古书上常出现的字，或意味着一派天风任意拣选。"□"，意味着吟哦未定的此刻，延宕、未定稿的此刻，意味着诗人逡巡于脱唐入宋、返宋归唐的门槛，推敲着小园荒径上的万有，在迷离的荒园，在树影、池风、野桥、云石、幽期，在不确的辰光。

妾家住横塘，红纱满桂香。

青云教绾头上髻，明月与作耳边珰。

莲风起，江畔春；

大堤上，留北人。

郎食鲤鱼尾，妾食猩猩唇。

莫指襄阳道，绿浦归帆少。

今日菖蒲花，明朝枫树老。

　　前边讲李白《秋浦歌》醉中窥镜的视角，可谓之"仙"；李贺诗多是从镜中外窥，可谓之"鬼"。具体看一曲大堤，力摹乐府古体，看起来和平常的乐府诗没有太大不同，谁知只是斩去了一半的风樯阵马，波谲云诡。这是一首描写盛夏之爱的冰山诗，一首只写下一半的诗。

诗的内容很简单——

谁：妾。

在哪里：住横塘。

干什么：留北人。

我们看看简单之下的丰富性，看看它的铺陈华美，看看它比铺陈还要华美的留白。

前四句，美人有多美？迂回侧写，别处烘托，写其家之所在、睡帐之桂香，头绾、耳垂的珍奇，一层层地写近，越写越近美人相貌。相貌如何？却不写了，美到舍不得描述（是的，这里的侧面描写不只是修辞技法，更是无论如何不舍得描画），因此愈见其美。

前四句全是描绘别物，又全是写美人。而写美人，又全是写"留"，挽留北人。看第五句，从"留"字上又起一层烘托："莲风起，江畔春。"在美好的夏风里，江畔的游人佳丽一片春意，而我在这里要送别我向北而去的人了。

五句绚烂烘托，千万浓情汇集至此，竟是极为素白的陈述——

"大堤上，留北人。"

素白的乐府之声，却又异样地灵艳凄绝。

写到"留北人"，动作的指向性清晰确定，以下是三段工整的留北人之辞，仿佛审慎的论述。三句留语希冀挽留，却是三次徒劳——

"郎食鲤鱼尾，妾食猩猩唇"：完了，第一句挽留已是徒劳！前边铺垫了那么精妙的妆容，美人却好话说尽，此时只能以美食来留北人。一意远行者岂会在意美食？鲤鱼尾，猩猩唇，人间至味，索然无味。

"归帆少"：一句预言。去帆多，归帆少，你此去也不会回来，能相见的办法唯有不要走。所以，别走了吧——这算什么逻辑？这是站在美人的角度，也是站不住的逻辑。只是心愿，一厢情愿。

"今日菖蒲花，明朝枫树老"：最后的挽留——何不珍惜现在的时光？菖蒲花开，是枯萎的征象；枫树老时，枝粗难看。美人希望对方珍惜此时。留下难道明朝枫树就不老？既然留下也是枫树老，那正应趁今日未老时远行。然而，美人已不管不顾，不但以此地留，甚至不惜以"此时"留。此地已不可留郎，此时更难以留驻。但美人一厢情愿，好像可以把美好的青春留在此地此时。

以物阜留，以情理留，甚至以无理留：至此，美人伤心已极，而北人铁石无觉。诗人没有写北人走了没有，明朝来了没有，诗断束在无理无用无果的挽留之辞中。何其无情也，何其深情也。

以别物写美人，那么，悬想是何等的美人？以此奇美人的深挚挽留，那么悬想此北人是如何了得的奇男子，进而悬想他要去行的是何等奇伟的志业？然而这烘托还未尽：谁想一片春浓意浓，竟是烘托一片虚无寂冷。

整首诗烘托的落处，是未写出的"写诗之时"。可以想见，诗并不是写于当日临别时。恍惚的色彩，迷离的情调，提示着离别的此境已成追忆。

而写诗的此时，已是枫树残年。

北人留在严冬里提笔写诗。

再没有那样的盛夏之花。再没有以笨拙可笑言辞挽留他的佳人。只有回忆中青云明月下的美人在苦苦留他，留他在今朝里，他不肯。他志念已决，大堤之外，大江大河，兑现才华，倚马可待；襄阳道上，骖骓上路，指日而归，此事将易如反掌。与别人家的去帆不同，他会回来。

大堤，平实的名称，不是春堤、夏堤、百花堤、烟柳堤，都不是。是客观的、横亘的、坚牢的、冷峻的、没有任何浪漫可能的、现实的结界，是北人命中注定的那一次错误选择。

遥远的大堤分开两界：青云明月作伴随的美好过去和枫树老的将来。大堤之上，莲风吹拂的永恒青春，少男少女无尽地谈情说爱；大堤之下，彩云易散，凄风里破屋中，北人遥想着无论如何也不舍得去描述容貌的美人。那时光被大堤隔阻，永不再来。

这令人想起电影《瓶中信》："亲爱的凯瑟琳，我的生命中没有任何一刻没有你的存在。我整修那些船，测试它们，就在那时所有的回忆像潮汐一样涌来。今天我在回忆我们年轻的时候，那时候你离开了我们的世界去一个更广阔的地方。"

星数十八 ｜ 李贺 金铜仙人辞汉歌

茂陵刘郎秋风客，夜闻马嘶晓无迹。

画栏桂树悬秋香，三十六宫土花碧。

魏官牵车指千里，东关酸风射眸子。

空将汉月出宫门，忆君清泪如铅水。

衰兰送客咸阳道，天若有情天亦老。

携盘独出月荒凉，渭城已远波声小。

魏明帝青龙五年八月，诏宫官牵车西取汉孝武捧露盘仙人，欲立致前殿。宫官既拆盘，仙人临载，乃潸然泪下，唐诸王孙李长吉遂作《金铜仙人辞汉歌》。

汉武帝建造铜人，托盘承露求仙。魏明帝景初元年（即青龙五年改元），下令将长安汉朝古器拆运洛阳，其中就有承露铜人。铜盘拆下，铜人太重，无法运走，留在长安附近的灞垒。传说铜人载运上车，流出眼泪。此诗描述铜人辞汉的情境。

"秋风客"指作过《秋风辞》的汉武帝；夜闻马嘶句，指汉武帝灵魂从茂陵出来夜游。"三十六宫"指汉武帝在长安上林苑的离宫别馆三十六座。上林宫苑久已荒弃，生拆铜人时，仅闻老桂飘香。魏官牵车指着千里之外的洛阳，迤逦出长安东关，而酸风袭射眸子。空持着弃物一般的汉月（铜盘）出宫门，忆着汉武帝，清泪如铅水。残败兰花在咸阳道上送着客居的铜人，天若有情，天也会老。铜人在荒凉月色中携盘独出，细听渭水的波声也渐渐不清。

铜人的另一次潸然泪下，见于瓦尔特·本雅明《历史哲学论纲》描述保罗·克利的《新天使》："保罗·克利的《新天使》画的是一个天使看上去正要从他入神地注视的事物旁离去。他凝视着前方，他的嘴微张，他的翅膀张开了。人们就是这样描绘历史天使的。他的脸朝着过去。在我们认为是一连串事件的地方，他看到的只是单一的灾难。这场灾难堆积着尸骸，将它们抛弃在他的面前。天使想停下来唤醒死者，把破碎的世界修补完整。可是从天堂吹来了一阵风暴，它猛烈地吹击着天使的翅膀，以至他再也无法把它们收拢。这风暴无可抗拒地把天使刮向他背对着的未来，而他面前的残垣断壁却越堆越高直逼天际。这场风暴就是我们所称的进步。"

彗星在鸡蛋上留下星纹，大月食之夜有些心被吞噬。人类文明畸形推衍，和自然人所能适应的悠游世界已相去甚远。其间的破碎、残缺、断裂、不完形，投射在人类大群的一部分心灵上。神将之称为烙印，医学上称忧郁症。

忧郁症患者在人类文明初期是弥合人类不完形的人，是巫祝，是渔樵，是边塞诗人，是当初承露而今担承坏漏的铜人。铜人在文明社会中功用消失，先承人类溃败之重。

如今，只能在忧郁症患者身上看到神的浩荡，这不惜时间、不辞精力地粘滞于重。曾经承接人类希望的人，承接人类所有失望。

于上古、中古，我们"时时勤拂去"的尘埃，如今落满这些特定的、选定的人。那敏感地细听着遥远渭城微小波声的铜人，可以拟想在黄金时代，他们是如何的神采飞扬。

北冥有鱼，其名为鲲。鲲之大，不知其几千里。化而为鸟，其名为鹏。鹏之背，不知其几千里也；怒而飞，其翼若垂天之云。是鸟也，海运则将徙于南冥。南冥者，现代文明狭仄之候诊室：这几乎是所有的事。

解厄十九｜张祜 何满子

故国三千里，深宫二十年。

一声何满子，双泪落君前。

//一

何满子原为唐开元中歌者。白居易《何满子》诗记载：

世传满子是人名，临就刑时曲始成。

一曲四调歌八叠，从头便是断肠声。

自注云："开元中，沧州有歌者何满子，临刑进此曲以赎死，上竟不免。"元稹《何满子歌》亦记："何满能歌能宛转，天宝年中世称罕。婴刑系在囹圄间，水调哀音歌愤懑。梨园弟子奏玄宗，一唱承恩羁网缓。便将何满为曲名，御谱亲题乐府纂。"

// 二

何、满、子，音节曼妙，别字别声，无法替代。

三字吐露，嘴唇作落花彷徨之舞，是音节的雪落之姿。

纳博科夫的《洛丽塔》里有类似的文句："洛丽塔，我生命之光，我欲念之火。我的罪恶，我的灵魂。洛－丽－塔：舌尖向上，分三步，从上颚往下轻轻落在牙齿上。洛。丽。塔。"

它美得像一句咒语。

咒语，简洁，纯粹，深邃，直指，一击即中。

莫名的咒，空心的、无解的、美妙的咒语，经由三千里隔绝（去国的渺远空间），二十年颠连（深闭的隔绝时间），将封存心底的温柔意思，作了辽远时空之后的第一声抚慰，交代在君前。

// 三

全诗只有"落"字是动词。在在处处的冷落、寂寞、虚耗，如冻云凝空，唯需一落。失此一落，缥缈如云；有此一落，蔚然成雪。让人想起孟浩然在《春晓》中所言叹的落花姿态。那句"花落知多少"，是唐的醒来之咒。花开，季节开放；花落，第二次开放。花落泪落，亦是开放。

// 四

类比现代世界。文明愈是发达，我们与自然万物、与中古世代的美，愈是隔绝。

而开启万物之美，需要的是多么简洁的一个词。

只需一句咒语，瞥见一点消息，人类心灵便为之悸动。

那梦寐求之的"君前"，能否再次抵达？

戏词有言："行了千里万里路，走了一个大圆圈。"

意识到人生之途是大圆的时候，脚面如水气受寒直欲雪，脚面变化为圆。此时，步履重合步履，旧我蝉逢今我，相逢重遇相逢，人生况味，发荷蓬满子之香。

跨越渺远空间，隔绝时间，生命虚耗的尽头，终迎觉醒之日。

T. S. 艾略特说过："NAM sibyllam quidem Cuimis ego ipse oculis meis vidi in ampulla pendere, et cum illi pueri dicerent: Σιβνλλατιθελειζ; repondebat illa: αποθαν ειν θελω."（因为我在古米亲眼看见西比尔吊在笼子里。孩子们问她："你要什么，西比尔？"她回答道："我要死。"）

那个简洁、纯粹、深邃、直指、一击即中的词，在哪里？应该怎样读，怎样唱，怎样发出它那简洁的"一声"？日本学者称中国宋之后的世代为脱离了古代的近代。何时再念动何满子，一个温良恭俭的国人双泪落在君前？

而斯世仍有何满子，例如——方言。

不会方言，人生独缺一味，急切时没有骂人话纾解，亦没有最黑最黑的咒语加持。性命攸关的话，须是方言。

其间代表，如方言的吆喝。

去城市北区，楼下哑嗓吆喝："收手机，收废旧手机、破手机，专收长头发，剪长辫子。"呼之欲出的画面感，像寻一个自闭在家里若干年的女子，绞去伊的长发，收去伊写满绝情短信的旧手机，抱走伊家里的旧彩电、旧冰箱、旧洗衣机，然后扔给伊周游世界那么多的钱。

// 六

偶尔，还会有更惊艳的吆喝，比如这苍凉者的修伞——"有～～修伞的吗～～还有修伞的吗～～"，两句之间抢板，带来一种别样的紧张感，仿佛追问；尾腔是一种气息用尽、哭断般的煞尾，仿佛天问。吆喝入耳入脑而走于心，画面是天崩地坼，沧海横流，下着火，下着刀子，这个人撑开黑色的伞，赏景悠游，坦然领受人类末日废土的命运；又如竹林尽焚、行走在我死埋我途中的狂人。想起那句误译：他不过是一个带着把破伞云游世间的孤僧罢了。真真接舆之再世、楚辞之绝唱也。

// 七

作为常人，我们可以制作何满子吗？

可以的。

手工制作何满子，是虚耗生涯的救赎之道，是可以实际操作的时间旅行法。

前些天，路见一个孩子哭得眼泪鼻涕一片，身上乱缠着跳绳，仰望电梯上走远而"不要她"的妈妈十分崩溃。我已经上了电梯又下来，把她顺到电梯上，轻轻问："你是不是很难过？"一时间，仿佛耳朵恢复了听力，她竟突然停了哭闹，面上浮现天使的宁馨，用力点头说："嗯。"我告诉她："妈妈不是不要你了，她就在电梯拐角处，我们一起去找她吧？加油！"就这样，孩子回到妈妈身边，还有点小开心。

心理学告诉我们，这样的经历会埋在孩子的记忆深处，并在难过的时候想起一个大人曾经为她加油。也就是说，这种帮助可以穿越漫长幽暗的时空，在我所不知道的人生际会处浮现，给那个陌生的长大的孩子一声宝贵的"加油"。宛如穿越三千里隔绝，二十年颠连，将封存心底的温柔意思作了辽远时空之后一声抚慰，一声简洁、纯粹、深邃、直指、一击即中的，何满子。

可以很容易地制作何满子，念动微火诀，悄悄埋藏在人间某处。

那个曾被你解咒的孩子，将来长大成人，在人生的某个黑暗时刻，虽觉跋涉万里已成空壳、生活灰暗看不到尽头，然而反身求诸自己的青春年少，曾逢一个不知名姓的陌生人，播种下一句摧枯拉朽足以改变一切的咒语。

嫁梦二十 | 李商隐 夜雨寄北

> 君问归期未有期，巴山夜雨涨秋池。
>
> 何当共剪西窗烛，却话巴山夜雨时。

李商隐擅造诗境迷宫，如安放星辰一般安放字。古人尤称此诗如"水精如意玉连环"。

C. S. 路易斯自叙身世："我最快乐的时光，是身穿旧衣与三五好友徒步行走并且在小酒馆里过夜——要不然就是在某人的学院房间里坐到凌晨时分，就着啤酒、茶，抽着烟斗胡说八道，谈论诗歌、神学和玄学。"

这是一种沉醉其间的时候，是"西窗剪烛"的时候。这样的时辰，连同着另一时辰——夜雨涨秋池——两组迷人的意象，交织起来分外迷人。

"夜雨涨秋池"，残秋之寒；"共剪西窗烛"，一烛之暖。

"夜雨涨秋池"，绵延无尽的时间；"共剪西窗烛"，不知不觉会过去的时间（不知不觉，蜡烛又要灭了，又需要剪一下烛芯了）。

"夜雨涨秋池"，弥漫不休的雨水注向人生的有限承载（秋池），充沛，流动，孤冷，无尽；"共剪西窗烛"，人的力量不能让珍贵的时光无尽延续，只能用剪烛来维系灯烛的微光。

"夜雨涨秋池"，以满溢的充盈几乎遁去其形，"共剪西窗烛"，以烛的不断折损维系存在之形。

"夜雨涨秋池"，横亘在人与人之间的天长地久（《庄子·养生主》："吾生也有涯，而知也无涯。以有涯随无涯，殆已。"）；"共剪西窗烛"，拉回沉落太阳的小型室内剧（《离骚》："吾令羲和弭节兮，望崦嵫而勿迫。"）。

"共剪西窗烛"的意象，不只是期望着会发生在未来的事情，且是回忆，是"归期"之所要归去的那个地方——共剪灯烛的西窗下，是过去生活的残影。这个回忆的残影，被诗人挪去了未可期许的未来。西窗烛是遥远的秋池涨，秋池涨是将要远去的西窗烛。正因为曾经西窗共剪的印象是如此亲切、鲜明、切近，诗人相信，如今的夜雨秋池也将成为亲切的回忆；正因为"共剪西窗烛"的故人之情，无情的"夜雨涨秋池"备觉有情。

诗人想象故人和故我去往将来的夜谈，在夜谈中重回困窘而诗意的此时。勉强表述出来，这是一句比《百年孤独》的起笔还要奇幻的句法：故我将思我。即故人故我，将来将回忆起此时此境。

而把整首诗的时态标示出来，即书信上过去的你问我归期，此夜的我仍没有归，我耳边只有无尽永夜的巴山雨无尽涨向秋池。什么时候能够再现往昔，剪烛西窗，在区区刹那的灯下再话那无尽的雨夜？

如果把"君问"上延展的思绪当作一个一气而下的完整句子，则用到了英语中最复杂的句式——过去将来完成进行时。

诗人困于巴山的合围，秋雨的淹留，未能归去甚至未能许诺归期之期，困在极大的不自由中，却通过诗的剪裁塑造，点亮三个时辰的灯烛。

由是，产生了——

过去的人问现在的自己。

对过去的怀想。

此时此境的体验。

此时此境放在未来的体验。

过去的怀想在无所有的将来的浮现。

由是，不但西窗烛被诗人剪，整首诗都被他剪。单向线性的时间被剪贴、重构，种种时辰在秋雨中交叠。种种滋味，诸多情绪，融在雨中，诗人获得了来回穿梭于这几个时间点的自由。

再进一步讲，诗境的时间迷宫比目前阐述的还要复杂。此时的未来，真的会发生"西窗剪烛"的情景中吗？"君问归期"虽好似当头一问，却是书信中的问话，具体何时，竟不可知。考诗人行迹，他的妻子已在入川前身故，诗人只是在此时或更早的时候得到了她询问归期的信。也许诗人已经知道无法再与妻子一起西窗剪烛了。但是，她音容宛在，此夜雨声荡漾，纠缠不清之间，产生了一个恍惚的未来场景。在巴山夜雨中，妻子的死亡变得不确定，雨是确定的，询问归期的话语是确定的，因之一个飘荡于无所有的未来的身影，西窗剪烛的身影，恍然变得确定起来。所有的时辰——绵延无尽的、难忘却易逝的、深藏心底的、无可追复的、飘摇于无所有之境的———时间相互接引回环飞旋。在这里，句子变得比英语中最复杂的句法还要复杂，是过去将来过去现在完成进行时。乔伊斯《芬尼根守灵》的结尾"A way a lone a last a loved a long the"和"riverrun, past Eve and Adam's"构成永远读不完的书，《夜雨寄北》则是走不出的时间。

这样的迷离下，孟浩然《春晓》中的落花，摇落秋池，雨涨池塘所开成的花的意象，这不断充满、折损，明亮、黯然，追来、溯往，凋谢于过去、绽放于未来的时光之花，在未拟之期、何当之夜开放。

不确定境，是立足境；涨池无尽，方是干净。

乔伊斯的《死者》中就有这样的文字："泪水大量地涌进加

布里埃尔的眼睛。他自己从来不曾对任何一个女人有过那样的感情，然而他知道，这种感情一定是爱。泪水在他眼睛里积得更满了，在半明半暗的微光里，他在想象中看见一个年轻人在一棵滴着水珠的树下的身形。其他一些身形也渐渐走近。他的灵魂已接近那个住着大批死者的领域。他意识到，但却不能理解他们变幻无常、时隐时现的存在。他自己本身正在消逝到一个灰色的无法捉摸的世界里去：这牢固的世界，这些死者一度在这儿养育、生活过的世界，正在溶解和化为乌有。玻璃上几下轻轻的响声吸引他把脸转向窗户，又开始下雪了。他睡眼迷蒙地望着雪花，银色的、暗暗的雪花，迎着灯光在斜斜地飘落。该是他动身去西方旅行的时候了。是的，报纸说得对：整个爱尔兰都在下雪。……"

　　李商隐擅造诗境的迷宫，我们将在下一篇凭借无题楔入迷宫隐境。别家是"力透纸背""一字千钧"的锤炼之力，是"吟安一个字，拈断数茎须"的类农耕行为，他却贪恋于击穿维度、造意迷津，不要留一个字安下来，是"剪尽西窗烛，不留一字安"，使字的点划失去重力，将深深读进去的读者置于无尽涤荡的秋雨中。

此不安让我想起一位汉学家的名字——"宇文所安"。宇文所安，四字形容此中词句调遣，堪称神似——是以宇宙的尺度上文字所安放的办法——不放在任何实物上，而放入谜一般的星辰轨道上。

> 昨夜星辰昨夜风，画楼西畔桂堂东。
>
> 身无彩凤双飞翼，心有灵犀一点通。
>
> 隔座送钩春酒暖，分曹射覆蜡灯红。
>
> 嗟余听鼓应官去，走马兰台类转蓬。

// 零·海船与船坞

　　美好之物难于分享，李商隐诗就属此类。其纷陈的意象往往扑朔迷离，难于尽言，好像掏去了核心的东西，而留下迷人的边角结构成诗本身。执象以求，歧路亡象；超以象外，或能得环其中。举个例子来说，故宫，固然可看作此间大陆文明的心脏，但也可看作海洋文明与大陆文明告别的地方，看作一艘浮去的海船留下的负形，即海船的巨大船坞。同样的素材，作两种观看，精神指向便截然不同。同样，李商隐诗的核心往往不是"故宫"的实体，而是那艘消失的"海船"，更准确地说，是那艘海船的"消失"。

即如这一首，彩翼、灵犀、钩酒、蜡灯，是宫宇，是船坞，我们自可以把不同的"船"放进去，比如爱情、身世、物理、世事、自我观照等等，皆可以开回这个船坞。然而，这些就是那艘消失的海船吗？那么，原先开走的船是什么，它的消失意味着什么？着意探究，那艘核心的海船，或是一种幽微造极，此造极触及唐代诗歌一个核心概念，一类在后来世代隐隐然失去的诗境，即风神全展。

巴别塔造出来，是为了于文明的白昼，彼此说出清晰的话；此间造船坞的迷津，是为了于文明的良夜里，去风神全展。

今将此间风神，一点一点，尝试言之。

诗的基本层面

昨夜星辰昨夜风——时间上，今夜已非昨了。

画楼西畔桂堂东——空间上，斯人已经不在那里了。

身无彩凤双飞翼，心有灵犀一点通——绝妙的灵犀一点的相印证，然而易逝。

隔座送钩春酒暖，分曹射覆蜡灯红——似暖似红似热闹，然而暖者易冷，红者易凋，热闹易冷寂。

隔座送钩，分曹射覆，何其婉转默契的游戏，迂回、环绕、抵达，而抵达的终点，是"听鼓应官"的直捷，是生而为人的义务，这件最无趣味的事，这件无法消失的事。

"转蓬"，指砂砾环境中无根的蓬草，被风吹起旋转，漂泊无定。

所有的默契、婉转、迂回、环绕，都易逝易冷易无，只有转蓬身世是无法摆脱的旋转。

出幻入幻

一二句，幻夜；三四句，幻景；五六句，幻觉；七八句，幻灭。题目"无题"，至幻。这是一首把有唐一代带入幻中的诗。

描述入幻出幻的诗，比如——

白居易《花非花》：

> 花非花，雾非雾。夜半来，天明去。
>
> 来如春梦几多时，去似朝云无觅处。

李白《越中览古》：

> 越王勾践破吴归，义士还家尽锦衣。
>
> 宫女如花满春殿，只今惟有鹧鸪飞。

210

刘禹锡《乌衣巷》：

> 朱雀桥边野草花，乌衣巷口夕阳斜。
> 旧时王谢堂前燕，飞入寻常百姓家。

然而，李商隐与这些造幻师有所不同。同为写美境美景的幻灭，《花非花》《越中览古》《乌衣巷》等诗以幻灭为终点，时间不可逆。那明亮的时辰，无法回去；幻灭了的，无法回来：诗的张力，在于这"不提防的落空"。

《无题》不同。时间线上，诗人在一切妙契的终了，又站回昨夜那个场景——画楼西畔桂堂东，去回忆昨夜星辰昨夜风。诗的张力，来自"回环"。站在这里，虽时过境迁，但今夜的星辰，仿佛仍属昨夜，今夜的风，宛似昨夜一般吹拂。星辰上没有字，风中也没有日期，风与星辰，如何辨析分明？连同这画楼、桂堂，仍属昨夜否？转过画楼西畔，是否仍是昨夜？昔日的妙契，仍可复归？既然风与星辰不分明，那过去了的，是否也可以不分明？

更大的不分明

考察诗的最后一联，"嗟余听鼓应官去"，这个听到催差官鼓而猛醒的时间点，是紧接在"昨夜"欢宴之后吗？

追寻诗人的意思，最后一联中"听鼓应官去"和第一联里站在画楼西畔桂堂东，应是发生在同一个"追忆"的夜晚。

而这同一个"追忆"的夜晚所追忆的"昨夜"，安知它就是元故事发生的时间？

或许，"昨夜"只是回忆元故事的时间，就像今夜回忆"昨夜"一样；或许，"昨夜"所指，已经是回忆的回忆，是梦的梦，西畔的西畔，堂东的堂东，故事的故事，船坞的船坞。这首诗可以无限延展，无限地回到那里，无限回环追忆，令画楼西畔桂堂东在时空中，荡漾饱满而更虚空的风神。

也许元故事的"昨夜"已经过去很远，是诗人一次次地回到的场景。诗人在荒凉已久的画楼西畔桂堂东，一次次重温那场妙契。

幻灭与回环

于是，这样一种空间含混、时间回环，已不同于单纯的"幻灭"，时间线的终点不再是幻灭，诗人在无题中繁密地构想"回到过去"这件事情，不停地念动一个字——"传"。不妨倒读全诗来看"传"：

嗟余听鼓应官去，走马兰台类转蓬——向窘迫的身世处境递传

隔座送钩春酒暖，分曹射覆蜡灯红——向他人递传

身无彩凤双飞翼，心有灵犀一点通——向心里递传

昨夜星辰昨夜风，画楼西畔桂堂东——向过往递传

前边三种递传都好理解，也相对易于办到；然而，如何向过往递传？按照惯常的经验，诗人痴心妄想；按照惯常的经验，也就失去了一种非惯常的生命经验，没有唐，也没有诗了。

人可以回到过往吗？

按照现实的经验，人无法回到过往的时空，我们的现实经验

不支持这种"时间回环"的古典"奇遇"。可我们的经验生活与"古典"已经完全两码事，我们与古典世界，已是完全不同的经验生活。这时候，返过来读前代古典，会感到有些莫名其妙，或固然奇妙，却不能径得其妙。

例如，宋人笔记《五总志》："唐李商隐为文，多检阅书史，鳞次堆积左右，时谓为獭祭鱼。"

前人多以为这形容的是乱摊书本，搜寻材料，罗列典故。义山诗固然用典，然而我把这"獭祭鱼"的场景，看作铺展写作情思的造意空间。刍狗点为转蓬而飞起，杂乱无章而妙契万有，手边书如花开，如沸腾，如梵高的星旋，舒展其中的风和星象。这"獭祭鱼"的场景有类"画楼西畔桂堂东"。

"画楼西畔桂堂东"，在诗中是一个曾有过奇遇的空间。按照今天的眼光，意义仅限于此。然而，以唐的眼光看，它不是写字楼的西边、绿化广场的东边，不是仿古建筑的一个地方，不是今所熟见的场所。它是怎样一个空间？

我们已难以知道它的意味究竟如何了。画楼西畔桂堂东，只觉木造堆砌成为华美的建筑。仅此而已吗？直到我来到那样的地方，才体会到那样的地方递传给人的感受。可惜这感受也许不能靠语言文字来传递，画不下来，拍不下来，在这里尽量尝试，以期不走样地描述。

那次严冬，过华北越古堡掠草原穿太行山脉深入山西访古，真正到达彼时的佛殿。

早晨的天光从油光的地面微妙地反射到佛身，依次照亮过去、现在、未来的庄严金身佛像，那种古代的工匠手递手给过来的一点点风神，次第打到眼中。站在廊下，感动不可言说。《大慈恩寺三藏法师传》形容唐西明寺"廊殿楼台，飞惊接汉；金铺藻栋，眩目晖霞"，我也曾在臆想中眩视其华美，未曾得见其间最动人的东西，那个大朴素的内核。繁复纷纭富贵，明清的古建筑也可以做到，却在无意间失去汉唐的神韵。那种华美而质朴的神情，其主要特征是质朴。如同我曾悬想的"仙人"，以为是多么了不得的炫技者，但得道的仙人更近于返璞归真的真实的人，反而凡间的人往往显得虚妄不逊。

站在廊下，感受到的雄浑与细密，不是明清建筑给人的感觉，更远非仿古建筑给人的印象。这是返璞归真而置身星辰与风中的印象，是如梁思成徘徊佛殿时所说，"一刹那人生稀有的、由审美本能所触发的锐感"。

　　然而，又不只是审美的感动。树木、矿物、书本、古建筑，凡感觉到自我身份飘摇者，皆可向有秩序的外物求证自身存在。这一点也大可讲说。

　　然而，我们要从这个空间场中追寻更多。这里试通过"画楼西畔桂堂东"一句，寻觅船坞之船的旧影。在这几乎"不可言说"的感动中，有两个不那么容易说清楚的概念，一是时间上的自由，即范式；二是空间上的自由，即造像。"范式""造像"，进而形成"风神"这一时空机器。如此三个概念，下文先逐一言之，再回到"画楼西畔桂堂东"，说这里"回到过去"的船影，说这诗境的完成。

斫轮者提问

《庄子·天道》有言:"桓公读书于堂上,轮扁斫轮于堂下,释椎凿而上,问桓公曰:'敢问公之所读者何言邪?'公曰:'圣人之言也。'曰:'圣人在乎?'公曰:'已死矣。'曰:'然则君之所读者,古人之糟粕已夫!'桓公曰:'寡人读书,轮人安得议乎!有说则可,无说则死。'轮扁曰:'臣也以臣之事观之。斫轮,徐则甘而不固,疾其苦而不入。不徐不疾,得之于手而应之于心。口不能言,有数存焉于其间。臣不能以喻臣之子,臣之子亦不能受之于臣,是以行年七十而老斫轮。古之人与其不可传也死矣。然则君之所读者,古人之糟粕已夫。'"

人类的言语、间接的教诲,无法保存斫轮技巧的风神,这是追寻任一行迹都会遇到的问题。那么,怎样安顿风神?如何令不可传的流传?

有时候，明明没什么实际物体，却感到这个真实的感受无以言传地传递了过来，这是为什么？日本能剧有秘籍《风姿花传》，演员开始有风，渐渐有姿，姿凝汇为"花"，花而能传，是最深最妙的境界。那么，如何递传？

无熵增的递传

依照生活经验，时间不可逆。用热力学第二定律来讲，时间必然伴随着熵增。熵增与否，可以衡量时间是否过去。换言之，过去会在如今留下痕迹；或者说，从过去到未来，有些东西必然会变旧。

那么，有没有一种办法，不令过去留下痕迹，不令物旧，没有熵增？

没有熵增，时间就没有磨损，时间可以过去，也可以重返。

这种办法是有的，只是发生于古典，而遗忘于现代。时代的更迭中，没有一个时机，有机会用"时间"这个概念表述这自由。

这个办法能够有限地令时间中的物窄化、可控、有控制地逆化碎散，之后重组，进而递传此不可传的风神，有限地在时间上自由来去。

这个办法叫"范式"。

范式

范式，即把一件事物的纯熟形态变形、窄化、拆解为可掌控的零件，再组装、丰富、开新、完成的过程。范式是做成一件东西的路径须知，是不立文字而立格式的一种朴素结构法。比如，营造的范式让匠人依照简明的口诀裁断手头的木材，建造新的殿宇建筑。在知晓范式前，观看梁木，是眼花缭乱一团迷雾；知晓范式后再观察，斗栱生动起来，绽开、榫合、勾连、伸展、歇山、埋伏、挑起，如同层层复建眼前，如看棋谱而复现围棋博弈的场面，在心意间复建当时的情境。

范式看起来是呆板的规矩，它将风神藏在一板一眼的规矩中。

范式，不是字，不是事；高于字，低于事。在日日按部就班的范式磨炼中，慧心领受，匠心变成福至心灵，斫轮者的"不可传"成为"可传"。

范式，古人创造的一种"回到过去"的办法。这办法凡人可以操作，天资更胜者可以传承。

范式，永动的楼阁。

范式运行

卡夫卡说，相信最近的东西和最远的东西。

可靠地连接二者的那个方式，可以是"范式"。

有了范式，斫轮的技术得以无增损地保存，没有熵的增与减，斫轮的风神进而得以保存。

范式拆解了复杂纯熟的形态，更拆解了时间。

只需计算如日晷，复行如机械，体悟如云电，运转如四季，周流如春醒之河。而范式熟练之后，人会从中显现，可以运筹如三峡天堑，可以改道如黄河冲决。

最终，人能够在时间上自由来去，"你"这生动的存在，回到斫轮的堂下。

谁回到谁的堂下

如果说"做出一样的东西"是"时间回溯"的诉求，那么为何工业复制品不能复现风神？

也是可以的，只不过是机器传递给机器，是属于机械的风神，是机器世界的时间回溯。

那么，建筑上的范式回溯，不是限于工匠的"时间自由"吗？

可贵的地方在于，人同此心。工匠的心念与分曹射覆的心念，有相通的地方。那个相通的地方是以手递心的通路，时间回溯的通路。

古老、繁复、华丽之辞

我们将古建筑上的范式营造视为古老、繁复、华丽之辞。

占卜，去往未来，还是回到过往？

看看荣格的分析："《易经》历史悠远，源出中国，我不能因为它的语言古老、繁复且多华丽之辞，就认定它是不正常的。恰好相反，我应该向这位虚拟的人物道谢，因为他洞穿了我内心隐藏的疑惑不安。但从另外的角度来说，任何聪明灵活的人士都可将事情倒过来看，他们会认为我将个人主观的心境投射到这些卦的象征形式里面。这样的批评是依照西方理性的观点下的，它虽然极具破坏性，但对《易经》的功能却丝毫无损。而且正好相反，中国的圣人只会含笑告诉我们：'《易经》使你尚未明朗化的思虑投射到它奥妙的象征形式当中，这不是很有用吗？'"

尚未明朗化的思虑投射到它奥妙的象征形式当中——"你"这生动的存在，回到斫轮的堂下——这是时间回溯、心念返璞的真义。

明清建筑的花式堆砌，那也许是真的在"祭鱼"。在那样的祭鱼场中，寻不到太多感动。而画楼西畔桂堂东，这建筑场所上，凝结着附有心念的范式木构。这凝结并非在画楼桂堂这样充满精妙范式的场所，寄托着"弥合时间裂痕"的心意和技艺，"使你尚未明朗化的思虑投射到它奥妙的象征形式当中"。

乔伊斯曾经说过："如果你找到时刻，我就会寻找地点。"

范式，可以让一个遥远的徒子徒孙回到师父师祖那里。

范式，也可以让李商隐回到昨夜。

时间旅行者·例一

范式的纯熟运用、运用有神者，可谓"时间旅行者"。这里举一个现实中的例子：

闽南的梨园戏未随中原历朝历代变乱而更改面目，唐宋程式得以保留。

梨园戏最好的一位主演，在台下好像一个普通的中老年妇女，然而到了台上，焕然如唐菩萨。甚至手姿即是一种单独的程式，仿若佛的手姿活过来。在她的指尖，"一个针尖上能站立几个天使"成为可以讨论的问题。程式在她身上复活，太过神奇！对程式的极认真的讲求，带来生动，带来震撼，绝妙如天地挪动、时间逆流。这样的戏，不是看进去才觉得戏曲真美，她指尖上的天使妥妥地安放你的灵魂，调动你基因里的唐意，而妙契人物心魂。你会情不自禁地看进去，为此间的美深深震撼。

似我者死，似无我者无死生。

在山西的观看，对梨园戏的观看，就好像时间开启暗门，可以随时回去，回到唐朝。每每忆及，此身宛在那里——"画楼西畔桂堂东"。

朱晓玫说，死后不要在她墓地放奏巴赫，要放莫扎特。莫扎特第一首曲子和他生命中最后一首曲子，你去听，没有长进，多么纯真。

时间旅行者·例二

古典音乐，自身包涵范式，是律动，有节律的颤动。范式之下无熵增，因此去时间性；然而，音乐又天然地须附着在时间上，否则无法呈示。

这里有两个时间概念，一是附着在范式上的无熵增的音乐呈示时间，二是呈示音乐所需要的时间段落。

在此，将前者称为"时间 A"，将后者称为"时间 B"。作此区分后，可以着手考察古典音乐中的时间旅行现象：时间 A 经由范式向前递传，时间 B 天然地向后推进。

范式音乐画圆圈，世间时间流动；两种流动错位之下，我们听到音乐。

"如果时间不会流逝，圆圈就不是圆的。"

我们总是身处时间 B 中，所以音乐听来是"正常"的。若人为改变时间 B，即将古典音乐倒放，就会听到驳杂无解的声音，类似日常生活的噪声。

换言之，改变时间 B 的方向，古典音乐就变为日常声响。那么，逆向看待这个问题，将日常生活的声响倒放，能够在时间 B 中倒听时间 B（即类似时间 A 的去时间性），有时会收获古典音乐。

而再次改变时间 B，与时间 A 同速回溯，其状则如"凝固的音乐"——建筑。那么，在一个契口上，我们将感受到音乐和日常声响的中和——寂静。

此刻，你将是纯然拥抱时间 A 的人，如同站在"画楼西畔桂堂东"这"凝固的音乐"之前的人，听到寂静。站在画楼西畔桂堂东的你，可称为"过去未来人"。

音乐是两种时间纠缠产生的涡流。

搭着时间范式之手回到过去，这种行为叫"演奏"。

我仍站在原地，时间汹涌倒回，此间撕裂生活之声即为永恒的古典音乐。如果找到时刻，你就会找到地点；如果找不到时刻，你就会找到声线。

再说"破除空间性"

晶体状，自由，结晶，偶然碎散。

分形状，树冠，分枝，如西蓝花。

昨夜星辰昨夜风不可名状或标记，以时间的晶体状闯入分形状的空间——可标记、可回溯的画楼西畔。内核为星辰与风的晶体，外壳为画楼桂堂的分形，其张力构成"破除空间性"的要件。

世界观千万种不同，粗略划分古典和近现代，或神启的世界和人启的世界（即启蒙运动之后的世界），其间戏剧、雕塑有别，不只是细节差别，起手之前世界观的不同，带来根本的不同。近现代雕塑的一个概念——"把形态从石头里分离出来"，这很妙，有着形的备妙，却不是世间唯一塑造法。如将西方雕塑视为脱神向人的一套历史、人文、技法系统，则东方造像显出脱人向神的意味。试着说出古中国造像的意思，也许可以这样表述：造像，是为了制造一个风场，造一个和煦或激荡的风场，故凿开一个风的缺口（塑像）。实体的塑像是风场的中心部分，风中的"无风的虚空"即风暴眼。把供人类行止赞叹的空间留出来，交还人世。人在此风暴眼前定下，徜徉、追想、感怀。

这是造像特异的地方，如莫高窟、龙门石窟等。不应只在意画出、凿出的分形部分，更应在意其间的风场，其间星辰与风的晶体，此间无形的精神，可见《庄子·逍遥游》："今子有大树，患其无用，何不树之于无何有之乡，广莫之野，彷徨乎无为其侧，逍遥乎寝卧其下？不夭斤斧，物无害者，无所可用，安所困苦哉！"

造型是雕塑术，而造像是斫轮术，是把斫从轮上分离，分理出斫的神。"轮"的折损更显出"斫"的精神，这就是为什么古中国多为木建而非石建：在意的不是建筑的实体，而是造出实体之外的奇遇空间。于是，把空的空间留出来交给自在，把容许朽坏的部分交给石块、木头与泥巴。实体只是塑造空间的搭手，实体是负的虚体，是造像者容许朽败、更新、可以留出来交给岁月的部分，这造像的空间比实体更富于意匠。

由此，不是去处理实体、赋予它形态和意义，是让事物化实为虚，融入生命。造像、建筑、彩绘，都是通过处理实体，造向风神，让风流动起来，形成风神的空间。

精髓不在实体本身，而在风神一点。

赤木明登在《没有眼神的瞳孔》中说过："我从画中看到的，不，感受到的，是人物强烈而深沉的存在感。在这种存在感中，还隐约有种清透的静寂，不像充满精神暗示的近代绘画那般沉重。我感受到的这种存在感、气韵，随着时代进入17、18世纪，逐渐变得稀薄了，绘画好像变成了纯粹的视觉表现，到了这一步，就索然无味了。"

雕塑看重实体，造意于实体，就会很好；当代一部分看起来总有些不对的东方雕塑，实乃描着雕塑做造像，意在实体，实体与虚之间没有风做的边界，似得其形，而失去了精神本源。

雕塑是一种山形，造像是使河流可见的堤岸。

雕塑：我是我，我在这里。

造像：问题与答案，皆在风神中。

河北博物院的镇院之宝

举河北博物院镇馆三宝之一为例，这件宝贝是白石彩绘散乐图浮雕。它常常单独拿出来供人品鉴，镇馆之宝也只择此一件，与它对举的一块石板却被忽略。我认为，另一块恰恰是被埋没的镇院之宝。

左边的石板固然描述了音乐的种种细致表达，每一人的演奏不是凭空雕刻的，而是实际表演场景的完全复现，宛如音乐演奏的一个横截面。但我更注意到右边石板上侍者听音乐的样子，尤其是最末一个侍者，除了最前端的几人，众多眼光、手势、身姿，指向她所捧的一盏水——这盏水要泼洒出来了。因为音乐的曼妙，这个人由耳到心到手到水面的盈盈波动以至于端不稳，其中有音乐在，有音乐的风神在（请注意，她是为数不多被刻画了耳朵的人，而左板所有演奏者均没有刻画耳朵）。这就是"处理实体，造向风神，让风流动起来，形成风神的空间"的一种样态，是这对石板最微妙的地方，造像所着意的地方，也是尚未被博物院方发现的地方。

巴黎与北平空间感的比较

将西方近代文明胜地巴黎和中国古文明末梢北平相比较，如老舍的《想北平》："……假使让我'家住巴黎'，我一定会和没有家一样的感到寂苦。巴黎，据我看，还太热闹。自然，那里也有空旷静寂的地方，可是又未免太旷；不像北平那样既复杂而又有个边际，使我能摸着——那长着红酸枣的老城墙！面向着积水潭，背后是城墙，坐在石上看水中的小蝌蚪或苇叶上的嫩蜻蜓，我可以快乐地坐一天，心中完全安适，无所求也无可怕，像小儿安睡在摇篮里。是的，北平也有热闹的地方，但是它和太极拳相似，动中有静。巴黎有许多地方使人疲乏，所以咖啡与酒是必要的，以便刺激；在北平，有温和的香片茶就够了。论说巴黎的布置已比伦敦罗马匀调的多了，可是比上北平还差点事儿。北平在人为之中显出自然，几乎是什么地方既不挤得慌，又不太僻静；最小的胡同里的房子也有院子与树；最空旷的地方也离买卖街与住宅区不远。这种分配法可以算——在我的经验中——天下第一了。

北平的好处不在处处设备得完全，而在它处处有空儿，可以使人自由地喘气；不在有好些美丽的建筑，而在建筑的四围都有空闲的地方，使它们成为美景。……"

人是什么？

由雕塑与造像的不同，更追问：人是什么？

西方哲学问：我是谁？我从哪儿来？我向哪儿去？

东方哲学问：风从何来？风向何去？风神造向哪里？

类比造像，从步骤看，不是把这个"人"的形体分离出来。"人"，也许是外部世界所愿意留下的负形态。

女人如水仙花，男人则如洋葱，剥到最后，终是空的。然而，此中空向外生长，生如水仙花生如洋葱。

"人"与"造像"相类，于虚空处安顿风神。此身不是实有，是风神的短暂容器。造像是祖先宗祠，是向后移形、做人，是祝祷祖先的荣光在此身重现而焕然更新。当生命遁入风神，就可以

232

回到昨夜。上至祖先宗祠，下至昨夜星辰，皆是人所造的归处。

想起一种仪式，反复念诵语句，从数百至十万遍不等，伴随着诗歌、音乐、舞蹈，不断称颂、悦耳歌唱、婆娑起舞、激烈旋转，进入恍惚、陶醉、出神、狂喜的状态，获得高妙的体验。这是精神上由实向虚的造像。

在这里，人更像东方的人。

在这里，人是风神故所。

西方哲学：我思故我在。

东方哲学：故我在思我。

"我"

什么是"我"？

"我"是与外界相区别的混沌体量，外部世界所不甚触及的人形空间，允许一点点朽败下去以置换生命体验的处所，是外部世界所剩余的负空间，是以我为虚、以我为允的光明地和大黑夜。

什么是"我"?

张岱在《陶庵梦忆》中有言:"天下之看灯者,看灯灯外;看烟火者,看烟火烟火外。未有身入灯中、光中、影中、烟中、火中,闪烁变幻,不知其为王宫内之烟火,亦不知其为烟火内之王宫也。"

一个例子:于虚空上安顿风神

这种造像的精神也似本诗题的精神。"无题",并非"失题"。后者指"题已佚",而"无题"是"非相",是诸相非相的所见。

依着"造像"的定义,在此尝试描述"无题"。

以"无题"为题目的边界,如此去安顿风神。如果无论述说什么都是会流逝的,那么,把不可失去、无以安置的东西留下成为题目的形象,这个类比于"造像"的造意就是"无题"。在"无"上,不会冷下来,不会消失,也不会有令人伤感的曲折。"无"是这不会有的一切,是这美的风神。

"无题"这个概念在当代已经近乎失去功用了（因为围绕它的一切已近乎丢失），我们有的是"主题"这个说法。

现今文章有"主题"，而主题往往隔靴挠痒、得形失意，主题太明确的文章往往呆板。这实在令人费解，为什么主题明确了反而抵达不得？而古文没有"主题"之说，对应相似而不同的概念，是"题旨"，是在题目下追想的东西。它很深，深而无物，宛似古井，不能以常情勾勒得出，它是"画楼西畔桂堂东"，那里什么也没有，那里有一切的风神。

文章的实体可以勉强归纳出"主题"，文章的本质却脱实向虚，另造题旨，刻意无题，提供一种安顿风神的办法。

题旨是悠然望见的南山，不在这里，也不在那里，不确实，但悠然可望。

明珠放在何处最稳妥？放在轨道上，把昨夜星辰放在昨夜风的轨道上。

怎样保存易逝的风神？用流逝的盒子贮存流逝，即以"无题"作"无"的题目。

盛唐何在？

再来看李商隐。

另，贾岛的出家名，僧无本。

另，废名。

另，意在意往似无似万有的"画楼西畔桂堂东"。

另，本诗的题目——"无题"。

这些名称，皆写照着"无我"，即失去时间性、空间性，即"李商隐"。

"李商隐"，诗人与李唐商量如何隐去的事情。

一切总会逝去，即便是盛唐。那么，以它的逝去为造像，如此去安顿风神。美一直存在，且只存在于逝去者的风神复现中。当其风神复现的时候，我们观念中的盛唐才真正开始。

从这个意义上说，盛唐的盛景只在今日，唐诗的诗境也只在此时。

空想的舞蹈题目

试着空想一些舞蹈的姿形。如果头脑中并没有鲜明的形象，可以试着去想这些题目下的舞蹈：

《僧无本》

《废名》

《无题》

《与唐朝商量隐去的事情》

……

这是浩荡、壮丽、风神复展、晶体般纯粹的舞蹈。本体虚空碎散，才得艺术的永恒光照。

这里要再次提及日人能剧的"风姿花传"，传的阶段，不再是自我的成就，是抛却今我，就地碎散，发展风神。

"江南可采莲，莲叶何田田。鱼戏莲叶间。鱼戏莲叶东，鱼戏莲叶西，鱼戏莲叶南，鱼戏莲叶北。"

中间核心的地方无价值，而游戏的神气形容着"传"的风神样貌。火焰的内焰是温度最低的地方，风暴眼安静无风，木心葱郁无尘，土心为种籽中空，"种籽落入土壤，听到大树的回声"——其神情如此。

魏列萨耶夫在《果戈里是怎样写作的》中提到，果戈里如是说："我不知道为什么特别在那一瞬间，当我走进这所酒馆的一瞬间，我想要写了。我叫人搬来一张小桌子，就在一个角落里，取出纸夹子，于是在滚动的木球的声音下，在暧昧的喧噪声中，在仆人们的奔驰中，在烟里，在窒息的雾围里，我把自己忘失于奇异的梦里，一气写完了整整的一章，没有离开过座位。"

回想辋川行走的王维，是否也来到了画楼西畔桂堂东？

他在散、乱、断、暗、焕中复照的风神，那个河东蒲州子弟，祁县绮窗赤子，天宝年间肥马任侠者，河西落日节度，白云九重结界少主，鹿柴之眼领受者，竹里馆月照歌啸生，服药喑哑者，无垢尘者，毗耶离城宣大乘法于舍利弗及文殊师利者，太子中允、尚书右丞，辋川别墅旧主人……

这是一番何等壮丽而无我的舞蹈？

他的诗中向来"无我",而李义山商量隐去,他们皆是内里中空的风神舞者。

围绕虚无造像的诚挚心意

延伸一点,讲一个现代的文化现象——酒场。

酒桌应酬对应造像。酒会的核心点是无意义,看似有个由头,实为没有任何理由而聚会(或者在酒会中否认由头的意义,替换为一个更加琐碎虚无的意义)。它是对无价值的称颂,对应血酬,可谓虚酬,是赌徒下注于必败之局,烈火烹油著于无谓的食材。

内核越是虚空,越显示出会饮的价值。而酒是无限细密酿造的感受包涵着它的核心——难喝的液体。如莎士比亚所说,这一切不过是喧哗与骚动。喧哗与骚动固然无意义,但在这之上是他的戏剧。

戏剧的本质是围绕无意义做切实、热诚的工作,是凝萃虚无,返本开新,开枝散叶,直开到虚空碎散,至此展现出深邃的美。

去欣赏那个在酒会上入俗最深者：是别开生面者，深入世俗中的盛唐人，生活中的造像者。

人人皆是造像者，人生是以死亡为核心的造像。

观看一场虚空中的造像

《洛阳伽蓝记》记述永宁寺失火，可以从文字中观看一场虚空中的造像："永熙三年二月，浮图为火所烧。帝登凌云台望火，遣南阳王宝炬、录尚书事长孙稚，将羽林一千救赴火所，莫不悲惜，垂泪而去。火初从第八级中平旦大发，当时雷雨晦冥，杂下霰雪，百姓道俗，咸来观火。悲哀之声，振动京邑，时有三比丘赴火而死。火经三月不灭。有火入地寻柱，周年犹有烟气。其年五月中，有人从东莱郡来云：'见浮图於海中，光明照耀，俨然如新，海上之民，咸皆见之。俄然雾起，浮图遂隐。'至七月中，平阳王为侍中斛斯椿所挟，奔於长安。十月而京师迁邺。"

// 四·风神

"风神全展"

由上归拢意思，试用简要的语言说清"风神全展"。

来自向过往之时的范式自由（破除时间性）和遁向彼处空间的造像自由（破除空间性），造成意在意往的神采，即风神；风神的穷极妙法、自由铺展，是谓风神全展。

并非感官全展

风神全展，并非感官全展。动物的眼睛在头部两边，三百六十度无死角，永远活在永恒的当下。人将眼光与感知收窄，而把意识界扩大。收窄到极致，是做梦，如植物般淘洗意识而进入花开的无意识界；做梦到极致，是醒着做神游万里的梦——不住当下，意在意往，风神全展。

此间神采，是风转磐石嘎嘎作响，吹向万户说以妙论，天地周流无穷无限，寒潭蛙落直入古心，尽数折损始终圆满，吹碎心窍直到心怀。风神眷顾的此时，我们是动物——人——做梦的人——觉醒来的人。

夕有风神

朝闻道，夕死可矣；而在本诗的层面上，朝闻道，夕更有风神。一夕获得风神全展的感知，可以方便地折叠、打开（带走一座古建筑，落雪时在它的屋檐下写点什么）；可以保存（斫轮的风神），可以造意边界，可以拿现实世界做素材，施加维度来点亮，更可以复现一个新异的或者古旧的世界，复照人类昨日的生涯和明日的步履，做觉醒的机缘；可以将此身放在过去，过去的美妙时空，这个鲜有人光顾的集市。

导演大卫·林奇谈工作经验，这种体会接近李商隐在画楼西畔桂堂东（但不尽然是，只是一个类似的白话感受）："我会踏进一个据某个想法搭建的场景中，在那个片刻，我觉得自己就在那个想法里面，这妙不可言。"

在画楼西畔，掬昨夜星辰，细细地回看层层斗栱上的手姿，隐约闪烁于建筑法式上的隔座送钩、分曹射覆，诗人获得了时间的可逆，空间的会通。不断站向画楼西畔桂堂东，不断回到时空中的一个出发点，生发隽永的诗意、新异的旨趣，宛如一年年从宗祠祭祀中走出来的人——返本开新的人。

他是那个消失的海船，消失而船坞仍存，当我们走进故宫，故宫得以完形；他是从宗祠祭祀中走出来的人，虽已走远，而祭祀场仍在，留待我们走进而完形。

从文字看，诗人造意如此，只是为了回到昨夜，回到那人身畔。

旧的意义

朱自清在《匆匆》中这样写道："在逃去如飞的日子里，在千门万户的世界里的我能做些什么呢？只有徘徊罢了，只有匆匆罢了；在八千多日的匆匆里，除徘徊外，又剩些什么呢？过去的日子如轻烟，被微风吹散了，如薄雾，被初阳蒸融了；我留着些什么痕迹呢？我何曾留着像游丝样的痕迹呢？我赤裸裸来到这世界，转眼间也将赤裸裸的回去罢？但不能平的，为什么偏要白白走这一遭啊？"

如今一切都忙，一切过去的都速朽。若过去的将速朽，未来又有何意义？永远更新，永是流驶，就是全部的意义？

马歇尔·伯曼在《一切坚固的东西都烟消云散了》里论述现代性的进步观念，并与《浮士德》比较，他指出：在现代世界的经济压力下，发展的过程必须经历不断的发展，所有的个人、群体和社会处于不断重构的持续压力下，假如停下休息、不改变自己，就将被历史淘汰。言浮士德与魔鬼契约中的最高条款：一旦浮士德停下，说出"你真美啊，停留下来吧"，他就将毁灭。

这定义了匆匆向前的"时间"，却不是全部的时间。

外在的时间，"走马兰台类转蓬"的时间之外，是李商隐的时间——"你真美啊，停留下来吧"——而赋以停留的办法——

风神全展。

"风神"或许是时代高速发展的刹车器。高速发展也许没有错，但有刹车器会安全。什么是刹车器？美的停留，风神的从容。什么是幸福，人在追求什么？过去并不是一味为了未来作铺垫，未来也未必有一个明确的奔头。谁知道奋力前行，是不是渐行渐远？有一个珍贵的美好时空在昨日某时，是不是可以从容一些？回头来，那里可是心有灵犀的辰光？

让记忆不只是过去了的遗憾，更是取代未来的可期的意在。

在这匆忙中，有这一点风神全展的时候，那么一切将不同。

造一个前往过去的车站，这并非消极。生命本不用与时间同步、呈现单一的向度，生命可以活成时间的数个次方，只有消费思维才呈现单一向度。在消费思维下，一切推向前去，才得到价值。在消费思维下，"慢"变得不可理解，更何谈"传"，谈"转"，何谈时间回环？

须在消费思维的框架之外，才得理解一些"奇怪的慢"。那些怪异的慢里，人递向风神。

例如，在这个时代，创作戏曲。

创作古代题材的戏曲，不是为了写难看的新编历史剧，而是为了焗补古典时空的碎片，创造被刻板印象抢占的平行世界的相逢相契相向而鸣的机会，收拾起被辜负被湮灭的种种旧河山。六艺之花沉渊而葬，其间多少花开花落姿态，是站在当代（一切历史的叠合处）的古代戏曲的无限空间。

留风神于回首处，待全展于转蓬身。

通往过去，也通往未来

反向考察"通往过去"的路径，是一个心迹通往未来的力量。如何将一个年头、一段心迹，用一生时间，生发、浓缩、扬弃、提纯，形成范式（"心迹"能够到达"范式"这一步，相当了不起），搭建无所有而包蕴未来的容器，则一个人的舞蹈成为通往未来的河流。这是孔子所谓"从心所欲不逾矩"的自由王国，是可可·香奈儿所谓"潮流易逝，风格永存"。是赫尔曼·黑塞所言，"伽摩拉，大多数人都像一片片落叶,在空中飘浮、翻滚、颤抖,最终无奈地委顿于地。但是有少数人恰如沿着既定轨道运行的星辰:无常的命运之风吹不到他们,他们的内心有着既定的航程"。笛卡尔说毕"我思故我在",不相干地过了千年,一个老头在街边沉思。有人问:"你在想些什么?"他说:"没有,我只是在发呆。"然而,笛卡尔名言直照千年到此沉思的躯壳,笛卡尔的不朽风神浮现于此。有幸听过斯洛文尼亚室内合唱团所唱的《智慧》,大理石般的崇高性和不懈寻求令人动容——踏着昨夜星辰而来至殿上的人子。一些声音不但定义现在,更定义通往永恒的漫长未来。前边说过,巴别塔造出来,是为了于文明的白昼,彼此说出清晰的话;此间造船坞的迷津,是为了于文明的良夜里风神全展。恰如里尔克的《杜伊诺哀歌》:

永恒的潮流席卷着一切在者,

穿越两个领域,并在其间湮没它们。

在你建造的咖啡馆写作

在此描述"风神全展",描述"獭祭鱼",描述通往过去未来之途,可有什么实用价值?有人说"只有在咖啡馆才能工作",我理解这个想法。有些咖啡馆不经意间搭建了风神的舞台,有类似画楼西畔桂堂东的地方有风罅隙,可以供安坐,构建工作的世界。然而,必须是咖啡馆吗?一旦熟读李商隐的《无题》,你当在你寻得的建造的咖啡馆寻到你的浩荡,在那里开展你通往神会的工作。那个道士小哥刚摆上棋子,就被工人师傅叫去山顶种树,种完树接着下棋。下完棋仰头一看,树已经长好了。

逝物

物的逝去,海船消遁,反使其本身具备风神的素质。

《逝物录》,德国艺术家尤迪特·沙朗斯基著,记录十二件已在地球上永远消逝的事物:图阿纳基、里海虎、居里克的独角兽、萨切蒂别墅、蓝衣男孩、冯·贝尔宫、摩尼七经、格赖夫斯瓦尔德港、林中的百科全书、基瑙的月面学……这些逝物横跨艺术、动物、建筑、宗教、文学、电影，贯穿古今。文字与图像迷人编织，以细腻深入的探触，生动肆意的漫想，浓情婉丽的笔调，建构起虚实之间的诗意，让人重新审视人类文明的"失与得"。"一如所有书籍，本书也想让某些事物活下去，它想让过往的前现、遗忘的还魂、喑哑的说话、被错过的得到悼念。书写什么也不能挽回，却让一切都可能被体验。"

引述

引申到电影。有一个词叫"电影味"，一部电影拍出来像电视，观众往往一望即知，这个道理谁都懂得。电影和电视的区别在哪里？"电影味"是什么？很难表述。电影味是电影的风神？李安曾在一次演讲中这样说过："……是在梦里触碰到我了，他能触碰到我们的潜意识，用最为浪漫、美丽又神秘的情绪将我们迷住，种种暧昧累积成情绪与想象，角色们同自己对话，好像世界上仅有自己，却又是共情的，那种漂游的捉摸不定的情绪，单纯无辜的印象，蔓延至现世，意识交织，他创造了一种精神上的空间，其中充斥着伤痕与美丽，罗曼司，爱情故事，追寻与失落，个人身份，国家历史，诸如此类，当这一切碰撞交织，此起彼伏，其丰饶与美丽让每个人都可以各取所需，我真希望我也能像这样。看他的电影可能让你精神焕发，也可能让你精疲力竭，因为非常累人。这就是他，真正定义炫酷的人，王家卫，我的英雄。"

《芬尼根守灵》

《芬尼根守灵》，乔伊斯的最后一部长篇小说，故事前因是搬运砖瓦的工人芬尼根从梯上跌落，大家都以为他死了，守灵时洒在他身上的威士忌酒香却刺激他苏醒。人们把他按倒，叫他安息吧，已经有人接替他了。小说的内容就是芬尼根的继承人酒店老板伊厄威克的梦。从傍晚开始，断断续续的意识流，融合神话、民谣、写实情节，概括整个人类史。作者耗费十七年光阴创作《芬尼根守灵》，搭建"迷宫"的文学结构，甚至发明"梦语"，比如用一百个字母拼成"雷击"一词，模拟雷声隆隆不断：Bababadalgharaghtakamminarronnkonnbronntonnerronntuonnthuuntrovarrhounawnskawntoohoohoordenenthurnuk。

此雷声可以在中古建筑的范式上看到，收录于虚空的辞典。用它描写雷击，也十分妙契。

乔伊斯和李商隐做了相似的诗。

又，关于"转蓬"

最后，再说一点"转蓬"。

天文学术语"洛希极限"指一个天体的自身引力与第二个天体造成的潮汐力相等时的距离，常用于行星和环绕它的卫星所保持的距离。当两个天体的距离小于洛希极限，天体就会倾向碎散，继而成为第二个天体的环。

被潮汐力所碎散的星尘，如身世转蓬这无法摆脱的旋转。

亦憾亦妙，匆匆的、永恒的转蓬。

汹涌，低徊，沉寂，碎散，整流，湛明，焕然，重生——不惜碎散掉自身的时、自身的空，不惜舍身去永远环绕所爱者。这是李商隐的永恒与碎散，是数万首晶体状唐诗的碎散与永恒。

雪莱说人世间明日绝不雷同今朝，万古不变者唯有无常。然而，有一个珍贵的时辰在过去，并不因时光的过去而失去，却因成为惘然的追忆而倍觉有情。那惊鸿一瞥的地方，在时空中细密留下有情烙印。一切实有的存在，颠倒，折叠，迂回，环绕，迷人地旋转。一个人碎散为像，去站向画楼西畔桂堂东，转为风姿存在。

指化廿二 | 杜秋娘　金缕衣

劝君莫惜金缕衣，劝君惜取少年时。

花开堪折直须折，莫待无花空折枝。

须先辨识人与植物的"花期"。

折花，植物的第一青春时；折枝，植物到了果实酝酿期。"无花空折枝"，之前折花，之后折果，再之后，果实落地，秋叶灿美，整棵树作一朵花观。树的花开有两次，一次树上生花，一次全树为花。

杜秋娘，"娘"一解为舞娘，一解为对年长女性的敬称，这也是两般花时。人的花开有两次，一次是青春少年时，一次是智慧成熟时。

亚里士多德有言，二十岁，身体成熟，四十岁，灵魂成熟。身而为人，幸运的是，人到了四十岁，身体渐衰，却迎来二十年智力持续巅峰。而之后，是放弃智慧，迎来身心的花开。

若视唐诗为一花，此间花开花落姿形美不胜收。

然而，总览前四编的脉络，此花开又作息单纯，只是起得早（一编），玩得好（二编与三编），睡得饱（四编），并且准备着下一日的早起。

见一个白发老妇在田里种菜。绿色根茎经由手腕、身体，在头上开一朵白蓬蓬的花，在春风里展。

人生白发宛如竹子开花，开花是极盛时，也是将凋谢时。

凋谢者，以凋落感谢世界，以一瞬息的美映照那边世界闪光的消息。

图书馆被翻烂的书，水沸腾为开水，一朵云遇到山，牛在耕地……

诸般世相，皆是活泼泼的花象。

而空折枝的人，深有其味，别有眼光，另见花期。

瞥见花非花的瞬息，遂虚空拿云，花里折枝。

此时的人真好看，是手生春草，目漱夏石。

末
编

前不见古人，后不见来者。

念天地之悠悠，独怆然而涕下。

这首初唐诗，放在书末。

诗意朴素直白，古往今来的宙，上下四方的宇，极廓大的宇宙间，人感到渺小，遂怆然泣。

质朴话语，怆动人心。

质朴，却丰富，直白以成大深黑。

这样一首既重且轻的诗，来自梁陈骈俪间的不成章。

喑哑的歌者，拥有通天眼的盲诗人，歌唱于坚牢夯固而并不存在的高台，先于整个唐朝浩歌，又默默为全唐诗断后。

　　幽州台，先于一整个唐诗世代的大哉瞻望，即将到来的种种诗境的沧溟对子。我们熟知的种种唐诗境，此时还未获命名，天与地一片好看的苍茫。

　　以幽州台开启的时代很难不是盛唐，文学上的盛唐也很难不回到幽州台，去回答诗人的无问，去思索诗人的无想。

　　愚公、西西弗、精卫、陈子昂——不减损地移，不息止地滚，无休止地填，无穷尽地看。

　　每一掘、一推、一填、一看，重估一切价值，整顿全幅虚无。

　　遂于此台作通幽九看，把这首短诗细细看取。所谓"九看"，是看楼台，看起兴，看风色，看敦煌，看落花，看大戏，看电影，看不见，以及看猫的房子。

极目张望之前，先自打量脚下的这座台。

此诗名《登幽州台歌》，又名《登蓟州楼歌》，考察当地的建筑历史，后者似更符合实际情况。

那么，为什么题作"登幽州台歌"？

宋代都料匠喻皓《木经》有言："凡屋有'三分（去声）'：自梁以上为'上分'，地以上为'中分'，阶为'下分'。"

梁思成先生阐释："中国的建筑，在立体的布局上，显明的分为三个主要部分：（一）台基，（二）墙柱构架，（三）屋顶。无论在国内任何地方，建于任何时代，属于何种作用，规模无论细小或雄伟，莫不全具此三部。"

中国古建喜好木构。木构会朽，恰如王朝会走向不可避免的没落。木构需要以十年、百年、二百年为时间尺度，做修补、撤换、重建，恰如维护一个王朝所需的修补、整顿、革新。维护宫宇的工作中，包含着王朝生命的自我警醒。而王朝一朝覆灭，建筑毁弃，台基留存,楼承其朽,台承其神。建筑的风貌归于坏,精神归于"台"。建筑叙说"文明",荒台叙说"文暗"。一切建造,终于折叠投影,印于大地,成底片,成荒野上的耳语。一切皆可朽,唯留荒台,"安忍不动如大地,静虑深密如秘藏"。幽州台,是曾在这里的一切心,是在这里落下的一片影。

路遇荒台,台上的唐代建筑已经被一场古代的大火烧空,遂和孩子一起,解鞋放在阶前,赤脚在台上走,从看不见的正门踱入,想象这里有廊,这里有柱,这里有一艘硕大精美的木船以为慈航之象,这里有来来往往的昔人……赤脚躬行使台上的历史焕发浮现。只要台仍在,这里就"春去花还在"。

台,一座什么也没有。

台,一座浩繁的空无。

最基础的,也最高渺,最先砌造,最终留下,通往希望前因,通往怆然终点,什么也看不见的展区,兴废成坏的最佳观赏角度。

我们于幽州台上瞻望。

极目回望，望向极远处的古人，比羲皇上人还要远的先民，诗人可曾望到飞鸟，关雎？

那是方的台——方块的字，四言的诗，结撰成的方台：

> 关关雎鸠，在河之洲。窈窕淑女，君子好逑。
>
> 参差荇菜，左右流之。窈窕淑女，寤寐求之。
>
> 求之不得，寤寐思服。悠哉悠哉，辗转反侧。
>
> 参差荇菜，左右采之。窈窕淑女，琴瑟友之。
>
> 参差荇菜，左右芼之。窈窕淑女，钟鼓乐之。

《关雎》，中国第一部诗歌总集《诗经》的第一首。

"关关雎鸠，在河之洲"，其第一句。

河之洲，"幽州台"的元形象；而幽州台，雎鸠所飞临的遗迹，水迹蒸发后的，在河之洲。

如今"关关雎鸠，在河之洲"是一句"起兴"，这怎么讲？

按朱熹的说法，"兴者，先言他物以引起所咏之词也；关雎：后妃之德"。这样的解法，把起兴从诗歌的浩瀚之思拉入实用的界定，让诸如《关雎》《大风歌》《短歌行》，失去其浩瀚的精神力，让《诗经》的起首如此实用、规矩、用心世故、立意不远，可掌握又可控制。

这定义有偏差。

幽州台上，重新审视"起兴"。

雎鸠，一种水鸟。洲，水中的陆地。窈窕，古人说内心和外貌皆美好的样子。淑，好、善。君子，古代女子对男子的尊称。逑，配偶的意思。

也许在朱熹看来，这里的他物和此物确实没有太多关联。求一种关联性，只能说，是"引起"。

但是，整个起兴还要看第二句"在河之洲"。连起来看："水鸟关关地鸣唱着，在水中的陆上。"因为它们要行一件不那么自由的事，于水鸟来说是繁衍，于人类来说是文明。

古巴比伦的幼发拉底河与底格里斯河，古印度的恒河，古埃及的尼罗河，古中国的长江与黄河……就起源来说，走到河边，文明就这样成了。

而"走到河边"，在河之洲，并不轻易。

试看，水鸟，自由地游于天，自由地游于水，天性饱满光明，却来到陆地。

此时，三栖的水鸟，剪除了另外两种可能性。

如同文明。文明是去野蛮、去芜杂，也是去自然性。文明是克服、删除多余的本性，以达成人类协同演化的要求。失去部分天真天性，失去鳃和翅膀，以成为睁开眼睛的人。

原本多么自在的三栖者，放弃了水中与天上的习性，去适应一个不太自在、稍稍变通本性、但是可以开始生息繁衍的共同场域，从此用生长出来的手臂，在水中左右采之。

参差荇菜，左右采之：从狩猎改为采集植物，改为农耕文明。

琴瑟友之、钟鼓乐之：礼乐，城邦，文化形成。

参差荇菜，反复三次：文明的节律。

河之洲：祭祀的地方，宽和，容与，通天地；又是割舍，牺牲，别故我。

由此，试将此诗转译为现代文：

剪去翅膀 抹平双鳃

河洲之上 建立尘世之国

和你的佳偶共生为德行美好的人

河洲之上

你不飞去 也不游走

你安在 在你的尘世洲

采集水中的植物

编织宇宙中的蜉蝣梦 编织你的故事你的文明

让采集食物的韵律成为你的国风

和你的佳偶共生为德行美好之人

然而还会有反复到来的痛苦啊

辗转反侧 这无限星空般的自由无限黑夜般的有限

你梦见飞鸟在水鱼在天空

在梦中你有鳃有翅闪动灵光

让乐器发出大响 建立你的尘世国

让乐器发出大响 强调和弱调停匀

让采集食物的韵律成为你的国风

因这里有你的佳偶 你们的德行在此琴瑟合鸣

建立协作和集市 建立共和的国风

而遗忘河洲之外的北溟天空

此诗为何放在《诗经》之首？想是因为这里埋藏着祖先的祝祷，也埋藏着先民的循循善诱：看窈窕的淑女，真是君子的佳偶呀。

由此归纳"起兴"。这不是简单的"引起"，并非单纯的"先言他物以引起所咏之词也"，不只是整顿音节而待发。起兴从一

267

开始就是将翅膀内化、将不安心灵礼乐化的熨平过程。

试给"起兴"一个定义：起兴是一种远观的文思，于诗人落笔时确立调性，确立一首诗上宇宙运行的规律，基于此念，乘兴而往，一气建造、推进、发展、变形、毁灭、往复、重生。起兴是单看美妙可解、放入诗中反不可径自解开的 DNA 的编织体，是只有手臂的维纳斯，是诗性觉醒。

站在河洲上的大起兴者，站在幽州台上的大起兴者，都在起兴文明的篇章。

试看"关关"所起兴的"中国"的概念，多少回旋、妥协、牺牲，全在这起兴的壮美中——关关雎鸠，在河之洲。

烛照过去，洞见未来，一句起兴，一部中华文明史。

尽管经历了无数风雨，但是，你看，关关雎鸠，在河之洲。

诗人在苍茫的幽州台上回望，他所见的"古人"中，是否有一只沧溟之鸟傲然飞来？

以台为洲，以文明为水，拥有通天只眼的唐诗人，是否见到了先民的翅膀，这极远处的"古人"？

先民翅上有风来，刘邦得而作《大风歌》。它有公认的起兴句，"大风起兮云飞扬"，起兴之后是自叙经历的一句，"威加海内兮归故乡"，并提出期望——"猛士兮守四方"。三句简单的歌，有疑义处？

据《史记》载："置酒沛宫，悉召故人父老子弟纵酒，发沛中儿得百二十人，教之歌。酒酣，高祖击筑，自为歌诗曰：'大风起兮云飞扬，威加海内兮归故乡，安得猛士兮守四方！'令儿皆和习之。高祖乃起舞，慷慨伤怀，泣数行下。谓沛父兄曰：'游子悲故乡。吾虽都关中，万岁后吾魂魄犹乐思沛。且朕自沛公以诛暴逆，遂有天下，其以沛为朕汤沐邑，复其民，世世无有所与。'"

相对于《史记》中气象慷慨的记载，此诗显得有些简陋，气息隔断，意思割裂，由此产生长袖汉舞，更是难以想象。按照记载，这应是意思连贯的一气，一次磅礴的起兴，甚至西东全汉、后汉三国，乃至更远的世代、今日的世代，全要受这一起兴的影响。

那么，是否可以打破对第一句"引起""兴起"的认识，连接更大视野，令全诗意思贯通？可以的，如果重新划定起兴句的位置，把三句视为一次完整的起兴，若主语不变、风即是我（正如题目所呈示的那样），便可作如是观："大风起兮云飞扬，（风）威加海内兮归故乡，（风）安得猛士兮守四方。"

那么，意思变成："大风既起，不再由人，心念故乡，吹彻天地，再化作来年的春风温柔地回转旧里；但念天地还需罡风一片，安得如风般猛士，帮我荡平天下？因为我（风）要长久地依偎着我的故乡了。"

全诗洋溢浩想、奇想、童话之想，整体作一段起兴一气飞旋起舞一段歌唱，大抵符合击筑歌诗、百二十人皆和习之、自起舞、慷慨伤怀的记载，符合"游子悲故乡""魂魄犹乐思沛"的印象，这是我心中吹摧着幽州台的大风歌。这气度让我想起法国国王亨利四世对法国的一句起兴："Paris vaut bien une messe.（巴黎值得一场弥撒。）"此波旁王朝的精神流传至红白蓝的法兰西，至今犹烈。同样，"大风"的起兴也是我们的精神源头。

我曾偶遇一种"汉墨"，包装精致而朴实，第一眼看便与众不同。上有介绍："碳素采用高黑度矿物性直火焚烟，使本品呈现出强劲黑色并带有蓝紫微光。"拿在手里，适手感真是无法言传。这是汉之风的结撰吗？老板上前介绍，这是日本造。

更看取北魏遗迹，在那里，汉的风，西域的风，草原的风，融合一处，这风象的演化大有看头。现在多数时候所谓的"起兴"，指相同韵脚引起叙述的手法，应称为"庶人的起兴"，而《关雎》（起兴中国的源头）、《大风歌》（起兴中国的气象）、《步出夏门行》（起兴中国的形状）、《登幽州台歌》（起兴中国的风神）的歌者，是思接万物的大起兴者。尝作《大风歌》唱词赞风：

> 风是那吱吱呀呀天门敞汤汤天马踏天庭；风是那
> 王母娘娘扯丝绳付与人间编光明。风是饥人空画
> 饼，画一片天国与雪城；风是天雷无声涌，无声
> 震得耳欲聋。风是玉箭镞，吹破人心始觉疼；风
> 是小河流，川流到你心意中；风是火不烫，土无

色，木不枯萎金非重；风是梦叠梦，醒叠醒，轻盈之上叠轻盈。风中有哀有苦血甜味，风中有怒有喜复有情；山山水水遮不住，一无所有满怀空。谁令它卷六合，并八荒，吹四海，谁令它北往南，南往北，西复东；且喜是揉不碎，劈不散，望不断，更随它飘荒野，推白云，过山峰。谁的家国梦，谁的千秋梦，谁的梦破了，梦里吹起风。风摧你伤绝矣、向死矣、向死而生，成了灰、成了烬、复成在光焰当空，东南旋、西北转、转旋汇聚，汇成你、这一天、龙旋的风。

// 四·看敦煌

距离幽州台兴感不远的时间和空间处，是正在进行时的敦煌。那里同样有其荒台之象，同样有光芒惊世、怆然涕下的一叹。

作《第十七窟 Moksa 17》（变文舞剧——喃喃自语与婆娑大舞）备述其事，说星移，说物换，说大美馨华、诸天之远，说十七窟，一场无声之难、荒唐大毁："敦煌莫高窟，按编号，凡四百九十二窟。其中第十七窟，墙中秘洞，旋马斗室，有汗牛唐本，纸间充盈梦幻，火焰，露水，云霓，闪电。后被英法日俄之人，纷纷打叠掳去，其中英藏最多，法藏最精，俄藏最杂，日藏最秘，而独吾国中所存，最散最乱。敦煌光芒，从此惊世，何以独黯于故国？祇因乱世之境，云霓为轻；众生营营，莲花何重。"

老国自叹菲薄日，怀瑾握瑜不自知。破壁一从惊世起，偏教海客动相思。

说伯希和来购王道士发掘宝卷，把卷来看，施凌厉手法，展三十年深邃学养，英法德汉波斯藏阿拉伯蒙古吐火罗之学，尽用于今日。时流之镜，天女之花，纷纷片片，密不暇接，舆马骋目不胜看取，菩提纵舌不胜赞叹，华叶接耳不胜兼听，百藕连心不胜妙想，千手华妙不胜翻拆。时欢欣雀跃，时涕泪悲泣，自夏徂秋，胡天乍然寒雪，浑然不觉，似贪玩孩童一般。晚唐某日，三危风来，天空辽远，大地纯净，砌梦者呼朋唤友，红尘游戏，他众人等，趁天光好景，砌风进十七窟去。

说山河破碎度丝绸，剩卷残经草裹愁。一万八千去国路，万八千里冷凉州。

舞剧的最后，说十七窟内原本供奉后来神秘消失的菩萨造像：

诸位观听：今日说十七窟缘起，不免把十七窟模样，端详一番。十七窟本掩于十六窟墙壁，墙壁破后，现出藏经；又于经书劫后，露出空空真容，却如别窟建制，一般不二，亦是小佛窟一洞：中有菩萨供养，菩萨左右，画有一双供养人，菩萨被人推去，留下一背之白。供养人左右欢喜，各列于一双小白花树下。右是一妇人，梳双髻，单手大如意，面带孩子气；左是一僧人，双手团扇。中间菩萨谁推去？为何祇有供养人？中间菩萨已空了，两边供养是何人？不知是何人，祇知二供养人，忽有一日，心转一念，齐声拍手，赞叹笑曰：我等推波助澜，推泥菩萨下海欢喜去也！

不报恩来不报情，推佛下海是何情。亿万劫波添一劫，供养人说不须谢。那泥菩萨，脚触水滨而化，化作海中鱼鳖；头触波心而化，化作流转光波；渐渐失落衣褶，化作海上波摺；纤手渐渐失持，化作海珊瑚色；双耳不忍别离，化作浪底呜咽；双目渐渐失明，化为澄海明月。脚触水滨化鱼鲨，头触波心作光华；流离衣褶海中浪，纤纤泥手世间沙。双耳不忍离别声，掩耳故人哭如麻。双目失明沈渊海，惟见凄凉赴爪洼。菩萨欢喜入海中，化作诸天了无踪。骑踏宝马下怒海，涉渡秋水采芙蓉。俄藏最杂日最秘，英藏最多法最精。惟有中藏最散乱，竟日收拣章不成。欢喜菩萨憨珍重，回首云天一万重。幡然启蒙开眼日，茫茫不见锁长空。

别容易，难归程，西风卷，掉头东。

诸位觉悟护法，忍见灭佛杀佛？惟愿聪明慈爱，
此心识得记得。奉劝座下弟子，不痴天朝上国。
仍需澡雪光芒，善护散乱残帛。

宇宙生生不息，供养亦须毁弃。何况散播唐本，
染教世界神迷。从此善护疼爱，收藏不拘何地。
不见戈壁深处，仍生骆驼荆棘。

独坐戈壁里，风割如马嘶。月光告诉我，世界
美如斯。

独坐深渊里，仰观星斗箕。黑暗告诉我，世界
美如斯。

独坐诸国里，市哗皆不识。纷纷告诉我，世界
美如斯。

独坐荒芜里，归期未有期。萋萋告诉我，世界
美如斯。

// 五 · 看落花

如将孟浩然的《春晓》视作唐朝之醒来，则陈子昂的幽州台还在混沌的梦里。诗人身前是璀璨的地层累积、隳灭、远遁的文明，身后是一切皆梦见，一切皆不可捉摸；如今反观，诗人处在一个多么美妙的时代——

敦煌不远，盛唐将至。怆泣独得，福至心灵。这个人站在幽州台上，如站在人类祭坛，触到了此一时此大块群落心灵的高点。因之想"人"这个字的意思。不是互相支撑而已，"人"是奔跑的姿态，是努力尝试前后连接传承的身姿，是虽无翅膀却以腿为翅的努力的身形，也是前后连接，连到连不到，仍努力尝试连接大无。

诗人许会在某个梦里梦到盛唐，梦见春晓来花开花落，落向辋川，落向秋浦，静夜飘零，漩涡于万古江河，落于千山万径雪，落向钱塘湖春岸，落向幽居的门槛，盛夏的大堤，落向何满子的咒语，落向无尽涨的秋池，落向星辰和风，进而，落向宋词元曲，明清小说，及至龚自珍的《西郊落花歌》一片狂乱的花尘，终落向王国维一池寂灭……至此，古典世界难复斯文矣。

有此兴感，看向《红楼梦》全书一百单八回，写作弹词《后三十回》，从佚失的书里窥去一方脂芹天地，写一段书色书情书归处。写大道不周全，写作世代之花的落处。故事叙录如下——

一

一恨鲥鱼多刺，二恨海棠无香，三恨红楼未完。

香山山居，曹雪芹拜访脂砚斋（一个老太太）。曹雪芹做完了此生的工作：世间是满满遗憾，而吾书已成，挨枕头就是香甜觉，梦里头清清白白干干净净。眼下，只在意脂砚家的墨水够不够，后三十回批好了吗。前七十八回加后卅回，整数一百单八，二美并一美，开春作个好彩头。脂砚斋说，后三十回看了，写得好，情榜作终妙妙，黛玉焚诗，最是妙笔，别人写不出，恐怕只写得出"宝玉，你好，好"什么的。我看完了，也批好了，只是，也借出去了。

借给谁了？借给一个做风筝的老匠人，他女儿要看。那些借书不还的人，什么心态？我们同去取回来。

出门，下雪天，一脂一芹，去世间走。曹雪芹刚完成全本，有些惴惴，叹息行文如雪上之痕，走来好看，却很难依样儿再走一遍。他怕那不相干的人把他的后卅回搞丢了。

二

二人来到城边风筝铺子。脂砚斋说，这扎风筝老头脾气怪，你可不要催他。曹雪芹说放心。跟老头切磋扎风筝的心得，赞他风筝头，风筝翅，风筝腰，都扎得极好，只是尾巴没扎好，飞不起来。老头说，我知道你的意思，我女儿看你书好，借给一个江湖相好了，今夜他们去看灯市，有什么不可以？元宵灯市，你也去看看吧。很久没去热闹场中了，怕见夜间出去。曹雪芹比旁人更怕，因为在在处处，都是回忆。何况曹家当年，正是元宵前被抄了家。但是为了拿回后卅回，他必须去。

三

灯市里，走在人丛，前七十八回，历历如见，微尘里极轻极细的人们，林林总总仙曲十二支，与他过眼。众人看焰口，拍手喊"好了""好了"。一个算命的要给他看手相，看曹雪芹手上细密的字透不过气，落荒而逃，却掉出花瓣，脂砚斋识得是后三十回书中之笺。二人忙去追那人，飘飘摇摇，追那落花踪迹，越赶越快，周围焰口也越发迷眼，终于撵上，曹雪芹去扒那人肩膀，那人陡转头，惊鸿一瞥。曹雪芹晕倒。

四

醒来书稿满床。第一缕东风吹进破窗。脂砚斋问好些了吗，那人是谁？曹雪芹回想，说他一层脸面，却有好多面目。不是贾政，不是王夫人，不是王熙凤，也不是花袭人，不是刘姥姥，不是史湘云……一气儿不是，如梦如见，如失如忘，脂砚斋，焉知哉。

曹雪芹说，我们把窗户贴起来吧。二人用书稿贴窗纸，满眼春色大观园，半壁辛酸泪与荒唐言。

曹雪芹问，煮的什么药，又苦又香的。脂砚斋说，我没在熬药，是在煮酒。曹雪芹说，那个人我几乎无法形容，那人不是任何人，又是所有人，美中不足，不足是美，那人是瞎灯会上光明地，雪晴天里风筝飏，世事洞明学无术，人情练达废文章。那人是补天石里琼花树，风月场上话凄凉。那人他目光一瞬即所有，发声如残篇完本相商量。世事何必太圆满，何必要鲥鱼无刺海棠香。我又何必见他全部面目，与他说尽世间言语，拍尽世间惊堂。

风住了，两个痴人，烤火，对饮，闲闲地撕书焚书，一个是以撕代落笔，一个是以火为脂砚，一页一页，焚去半边。脂砚斋的批注如红色蝴蝶，冉冉地从灰烬里飞。提着竹篮到水边，竹篮打水一场空。一心打水提篮重，一意提篮听水声。红楼梦，红楼醒，石头记，石尾记不清，留半部红楼，留着看世间人可懂此番情。

六看"来者"一种：幽州台是鲁迅想望中的理想戏台。

鲁迅的《社戏》这样描写戏台："但是前几天，我忽在无意之中看到一本日本文的书，可惜忘记了书名和著者，总之是关于中国戏的。其中有一篇，大意仿佛说，中国戏是大敲，大叫，大跳，使看客头昏脑眩，很不适于剧场，但若在野外散漫的所在，远远的看起来，也自有他的风致。"

野外散漫荒台，月光如水缁衣，迅哥儿的幽州台。

作戏《故乡》，也是"很不适于剧场"的一出戏，其中有这样一个片段：

> 黑色人　我来，带你去那地方。
>
> 鲁　迅　去哪里呢？我能去的地方，不想去；
> 　　　　我要去的地方，却也回不得。我只
> 　　　　得且介在这里。

黑色人　展转迂回，带你去那地方。

鲁　迅　那地方——

黑色人　那地方，深黑复明亮，温暖复冰凉，

　　　　大美而令人悚惧，沉迷又令你逃亡。

　　　　其月华可铸剑，其雷霆可理水，远而

　　　　愈近，锈而弥芳。那地方，呐喊无声，

　　　　彷徨无地，狭仄又堂皇，喜极而悲伤。

　　　　那是朝花夕拾之野，华盖覆顶之乡，

　　　　无人从中回还，因而饱含希望。在那

　　　　里河流众多，乌篷船里身藏；坟开小

　　　　白色花，人袭乌青色衣裳。你可知，

　　　　我说的是何地？

鲁　迅　奇怪的是，我知道的。

黑色人　我说的是你的死地。

鲁　迅　你说的是我的故乡。

〔二人相对而立，头发木刻幻为身后
野草，周遭风物，变得流动，不实，
如广漠旷野。远远台上歌声：

焚野草，拾朝花，故事收场；
敛呐喊，过文苑，荷戟彷徨。
赋三闲，怀二心，准谈风月；
且介在，花边里，死地刀霜。

春长夜，忍听那，暗雷声响；
哭而已，歌而已，北调南腔。
竦身起，看星斗，风沉大莽；
攥火团，蘸血痕，夜色文章。

闻社鼓，吊女吊，脖颈冰凉；
逃神矢，过闹市，回吾故乡。

废小园，纷飞雪，酌酒楼上；

戛寒剑，望苍黄，逍遥相羊。

// 七·看电影

就"悲"而言，今日的我们已经没有古典英雄的那种"悲"了，我们的"悲伤"和古典英雄的"悲剧性"完全不是一回事，所感到的空虚与中古大虚空也不相同。我有互联网，偏无独联网；我作万维观，难到一维天。干扰甚多，所见甚杂，视野无法与大虚空相连接，领略不到完整的混沌。

唯有电影。电影幕布，城市里无色无声无光的巨型白布，区别于电视屏、手机屏、电梯屏和无处不在的广告屏。电影幕布将我们从这些咄咄逼人喋喋不休的碎屏中拯救，将这一切碎散整合成汹涌的密语、一曲《幽州台歌》。电影院是文明的避难所，是文暗之地。一块电影幕布即是一方竖立的幽州台，截取天地的野蛮性，隐身在爆米花香气中，始于白，归于白，你见到一切，仍将一无所见。只等待着超拔的眼，击穿幕布，透过种种光影复照，看到看不见。

另有一种新式的电影院，在梦里见过。

只是一部二十分钟的单调电影，循环播放，观众来来去去，个个看得昏昏欲睡。到来时身心疲惫，离开时如获新生。

这就是午睡电影院。

座椅比正常的样子更作向后的倾斜；银幕播放霜、雪、雨、风、被月光催动的海洋，很深的海里鲸的歌，星星轻声的炸碎，黄昏时鸟群的啁哳，清晨森林草原的风语。

在午睡电影院的昏梦中，人类结成参差多态、涌动灵感、不避驳杂、不舍昼夜的生命之群，仅仅寄身其中，便能感受文暗之地盛宴的流动。处处不用过虑、不用忍受，只以艺术的心去领受和抒发，这就是我们可望可及的幽州。

冬树繁春花，老叶养新蚕。我与我之影，相隔万重山。我思故我在，我梦照我还。何时一杯酒，重到月阑干。

此诗破空而来，又早有先声。

南朝宋孝武帝吟诵谢庄《月赋》而议论："希逸此作，可谓前不见古人，后不见来者，昔陈王何足尚邪。"

屈原《远游》："惟天地之无穷兮，哀人生之长勤。往者余弗及兮，来者吾不闻。"

其间多有句法、内容上的类同。

更有乐府古题"独不见"，多写闺中"伤思而不得见"的情感。与乐府的"独不见"题材比类，此诗妙在以闺怨叙事，转来写全人类的歌哭。

与屈子、宋孝武帝的诗句比类，妙在提炼，提炼为通俗而精粹的话语，平平道来，简洁，直指，鲜明，醒豁，击中全人类心房。

——而提炼者谁？

罗时进先生《唐诗演进论》有"献疑"一节，认为此歌被当作陈子昂诗，始于明代人吴琯《唐诗纪》，其题下标明"见□诗话"。

唐以来，历代选本并无采录此诗者，直到明代杨慎《丹铅总录》赞其"简质有汉魏之风"，第一次给出"登幽州台歌"的篇名。最早当作完整作品收录的选本，则是明末钟惺、谭友夏《唐诗归》，其赞云"两'不见'，好眼；'念天地之悠悠'，好胸中"，遂使此诗流布。而之前此诗最先见于陈子昂友人卢藏用编《陈伯玉文集》附录《陈氏别传》："子昂体弱多疾，感激忠义，常欲奋身以答国士。自以官在近侍，又参预军谋，不可见危而惜身苟容。他日又进谏，言甚切至。建安谢绝之，乃署以军曹。子昂知不合，因缄默下列，但兼掌书记而已。因登蓟北楼，感昔乐生、燕昭之事，赋诗数首，乃泫然流涕，歌曰前不见古人，后不见来者，念天地之悠悠，独怆然而涕下：时人莫之知也。"

　　其中"感昔乐生、燕昭之事，赋诗数首"，指文集中《蓟丘览古赠卢居士藏用七首》。七首赋轩辕台、燕昭王、乐生、燕太子、田光先生、邹子、郭隗等蓟丘人事。诗中"应龙已不见""昭王安在哉"等对应"前不见古人"，"兴亡已千载，今也则无推"照应"后不见来者""其事虽不立，千载为伤心"，"伏剑诚已矣，感我涕沾衣"照应"感天地之悠悠，独怆然而涕下"。

卢藏用是陈子昂好友，《蓟丘览古赠卢居士藏用七首》又是赠他的诗，崔湜《故吏部侍郎元公碑》称卢藏用"当代英秀，文华冠时"，那么，卢藏用不经意间站到了天、地、人感兴际会的地方，被天地择选，道出这般言语。这只是出于其对《蓟丘览古赠卢居士藏用七首》不经意的概述，偶成天音而不自知——也是最好的文学概述了——概述直来入替原作。

回溯起来，这经典化的过程像中国最流行的佛教典籍《心经》之成为经典。《般若波罗蜜多心经》的"心"不是"心灵"之意，而指"核心"；这一段也不是经文，只是浩如烟海的《般若波罗蜜多经》的一个小提纲，甚至可能是回译之后放入原文中的章节。然而，却是最普及、最深入人心，似"心灵的经"。

又有类民间传说。无心的造化，谬传，误读，人类共情不断修改和校准作品，使它更准确地击中人心。

后来人用不理解之同情，委托理想代言人陈子昂，替代自己，回到唐朝，去再活一次，去独具只眼、独具精神地掘进时代神髓，捧出大荒落篇章。这是一种诚恳的伪托。

从戏剧的角度讲，在这个时候（初唐）、这个地方（不存在的幽州台）的这个人（被伪托的陈子昂）该说的话，就是最好的提炼。

黄金台，不存在；蓟州楼，不存在；甚至脚下的幽州台，也被抽走。

一次记录的失准，无意间成就一份千古——记忆的失误参与了不朽之诗的创作。

一首诗的评判标准——声韵？用典？传情？真伪？

此诗都够不上"标准"。

一首诗的评判标准，也许是风神。

这首诗是极端例子。小白话，不规整，甚至无情，甚至就是伪作，然有风神。诗人在此，转磨风神，在此一时一瞬，弥合人间的不完美、不完形，使亏缺者光容如满月；此间风神，是风转磐石嘎嘎作响，吹向万户说以妙论，天地周流无穷无限，寒潭蛙落直入古心，尽数折损始终圆满，吹碎心窍直到心怀。风神眷顾的此时，诗不是声韵、传情、用典的巧妙，是赋一个时代以关节，舒展一个时代的姿态。这也许是古典诗歌的较高样态：成为诗中的诗，字中的字，纯洁如字的一句，纯洁如句的一字。也许"诗"的完成不在于"诗"，"诗"做到这个份上，可以弃人间的诗名而去。亚里士多德说，考量一个城邦可用两样东西，诗和戏剧。但幽州台的歌说，去吧，去考量一城的静默和无字，那里有城邦的风神。

// 九·看猫的房子

　　盛夏之尾，走过小区林子边，一个小丫头正用荒树杈编猫的房子。一个老头过来说，我在这儿种了草，你把我的草种都踩坏了，快换个地方搭。小丫头不响。老头气坏了，说，你搭得太丑了，也没有猫会在这儿住。小丫头继续编。老头气走了。小丫头把房形编好，细细覆上植被做屋顶，就跑开和小伙伴们踢球去了。草房子何其速朽，坏老头会暗地回来拆坏它吧？然而，这速朽的建造，这女武神一样的孩子，尔曹身与名俱灭，不废草房子万古留。她把一片看不见的精神之台，印在荒树杈的房子底部。建筑的投影，台的投影，幽州的投影，人类的心痕，风，花，关关，敦煌，古戏，在大地上，看不见，也看得真。

迤去廿四 | 李叔同 送别

长亭外，古道边，芳草碧连天。

晚风拂柳笛声残，夕阳山外山。

天之涯，地之角，知交半零落。

一壶浊酒尽馀欢，今宵别梦寒。

　　第一句，长亭（何处是归程？长亭连短亭）、古道（远芳侵古道，晴翠接荒城）、芳草（又送王孙去，萋萋满别情）——属于古中国的送别风物。

长亭，古道，连天芳草，这三句的视野渐次辽远。极目远望，一层一层更一层，是朋友将要别去的遐想空间。这中国人所共有的人伦想象空间，即是古中国的情份疆域。王维诗"劝君更尽一杯酒，西出阳关无故人"，到了"无故人"的地方，才到了这情份天地的边界。送别的哀愁有着如此辽阔的疆域，如柳永的《雨霖铃》"念去去，千里烟波，暮霭沉沉楚天阔"。也正因这样辽阔，成为从容安歌的哀愁。

"晚风拂柳笛声残，夕阳山外山。"这里第一次出现侧写的人，人藏于笛声，是笛声残，是笛的痕迹。题为"送别"，却吝惜笔墨写具体送别的人，只用一字瞥见其气息将弱的身影。一"残"字写终将离别的残调、伤离别的残音，也引人勾连自家身世。从绝大疆域内缩到声腔气息的"残"，那胸中一小块地方，而——夕阳山外山——又再次温柔地扩大情份疆域，扩大哀愁的边界。极目远望不到的地方，是挚友归去的地方，日色将暮：故人远随夕阳下，远行的人唯见清月照山川。

"天之涯，地之角，知交半零落。"进入下阕，写送别之后追想。

音节上，"之角"接"知交"，有秋木摇落之姿，层层荡漾而下，形容零落，备觉有情。

天之涯、地之角，再次将情份疆域无穷拉远，令人目眩。人的目力，只能关照到芳草连天为止；气息，只能关照到"笛声残"为止；一日的光阴所照，也只到"夕阳山外山"为止。在天之涯、地之角前，送别的星星点点之人，所携的已残声之笛，显得何其渺小。这是身为人的无奈处、无能为力处。黯然销魂者，唯别而已！"地之角"特别形象，仿佛一友人站立的地壤，是属于古中国情份疆域、返古、童真、有温度的角，像出锅饺子姿态好看的耳角，像沾染故人手泽的旧书本的卷边毛角。

此古中国的心理疆域，天圆地方，醇厚有形。古人岂不知地非方形？而地又实在方形。盖人的心力所能瞻顾的情份所至，就是苍茫陆屿中送别知交的那么有限的一小块。那么，为什么这有限是方形？方形的好处，不在形容其极目所见的大，而在形容其便于拼接。观察百衲衣、旧棉被，片片小小方形，缝合拼接，最为方便；观察乐高玩具，最常见的形，也是方块。这照应了常说的"地方""小地方"。世界就是每个人的心之破坏拼合的印象总和，每个人都来自一个"小地方"，林林总总小地"方"，拼拼凑凑组成全世界。小地方之内，知交有情；小地方之外，零落有情。

"一壶浊酒尽馀欢，今宵别梦寒。"末句梦幻泡影余韵。

一壶浊酒，那么，此朋友非昏昏嚷嚷的利益关系。一壶浊酒，是故人心性。"馀欢"，反写惆怅。

朋友别离，送别的人也孤身回去，因为生计而不得不分开的人，渐渐地在长亭、古道、芳草的向内塌缩的现实界，剥离温暖人心的晤谈，只剩寒凉。这种寒凉，引申到现代，甚至可以说是一种人工智能般的彻心之寒。

作为现代人，很多时候有失去感，却不知道失去的是什么。我们面目冰冷也许并不是因为天生无情，可能只是未察觉潜在知交的离开对我们的影响彻骨寒凉。我们未觉察这样的重大时刻已经默默失去，如梁漱溟《朝话》所言："天将明未明时，大家起来后在月台上团坐，疏星残月，悠悬空际，山河大地，皆在静默，惟间闻更鸡喔喔作啼，此情此景，最易令人兴起，特别的感觉心地清明、兴奋、静寂，觉得世人都在睡梦中，我独清醒，若益感到自身责任之重大。在我们团坐时，都静默着，一点声音皆无，静默真是如何有意思啊。"

填词明白晓畅，乐曲更是朴拙清丽。曲调取自约翰·P.奥德威作曲的美国歌曲《梦见家和母亲》，填词后曾作小学毕业典礼的学堂乐歌。

去访周边小城，不善经济，朴素尚存，开着车晃晃荡荡，播放这歌曲，特别有味道，是一种温和的别梦氛围。隐然将古中国疆域一角复活于人间，隐然觉得，这是对友人的不见和送别，更是对古中国的重现和挽留。在这样的时候，古中国在絮絮乐声里，转为一种在人间烟火中浮现的形象，我们宛如再遇这些旧有、熟悉又日渐陌生的面影，李叔同、丰子恺、王国维，信而好古的，心地温柔的，半零落的，亲切的，古中国人们的面影；宛如再遇童年挚友，鲜亮的昔日一时重来，热络古道心肠，重现清白心地——这般送别，就是死去一点点，"地之角"重一点点，陈年的浊酒轻一点点；是我们心中的长亭、古道、芳草，在彻底湮灭之前，再次明灭一瞬间。

杜甫"三吏三别"痛切，而《送别》一曲，是向古典世界的轻轻作别。一曲送别，是终曲，亦是吾辈梦醒出发的时辰。

图书在版编目（CIP）数据

刹那：大唐群星闪耀时 / 周眠著 . -- 北京：北京
联合出版公司，2022.5
ISBN 978-7-5596-5639-1

Ⅰ . ①刹… Ⅱ . ①周… Ⅲ . ①散文集－中国－当代
Ⅳ . ① I267

中国版本图书馆 CIP 数据核字 (2021) 第 227732 号

刹那：大唐群星闪耀时
作者：周眠
出品人：赵红仕
责任编辑：王巍
特约编辑：吴语
营销编辑：管晓彤 王心妍
责任印制：耿云龙
书籍设计：李九斤_studi@

北京联合出版公司出版
（北京市西城区德外大街 83 号楼 9 层 100088）
北京联合天畅文化传播公司发行
北京美图印务有限公司印刷 新华书店经销

字数 150 千 787mm×1092mm 1/32 9.75 印张
2022 年 5 月第 1 版 2022 年 5 月第 1 次印刷
ISBN 978-7-5596-5639-1
定价：48.00 元